KB026703

태양시집

태양시집

RUMI

루미 지음
박은경 옮김

문학동네

차례

5부 | 심장을 따르는 길

6부 | 은총의 여러 얼굴

7부 | 죽음은 끝이 아니다

8부 | 하나된 연인들

일러두기

1. 번역 대본으로는 페르시아어 원본인 كليات شمس تبريزى(루미, 『태양시집 전집』, 파여메에덜라트출판사, 2020)를 사용했다.
2. 원전에는 시들이 첫 음절의 페르시아어 문자 순서로 배치되어 있으며, 시마다 순서를 나타내는 숫자가 기입되어 있다. 이 책은 원전에 수록된 3229편의 가잘(소네트) 중 정수(精髓)에 해당하는 40편을 엄선하여 주제별로 엮은 것이다. 시가 더 잘 기억되기를 바라는 마음을 담아 첫 구절을 제목으로 삼았다.
3. 본문 중의 주석은 모두 옮긴이주다.

옮긴이 서문

루미가 지핀 사랑의 불씨

대학생 시절 잘럴롯딘 모하마드 루미جلال‌الدين محمد رومی의 번역 시집을 처음 접했던 나는 설명하기 힘든 강렬한 감정에 휩싸였다. 살면서 가장 암울한 시절의 마지막을 보내던 중이었다. 신앙이라는 명목하에 세뇌와 폭력, 학대가 일상으로 일어나는 종교인 가정에서 성장했기에 생존을 위해 상처와 감정을 묻어두고 무감각하게 사는 법을 익혀야만 했었다. 그러다 성인이 되어 심리치료와 상담자 교육분석을 받으면서 내 안에 축적되어 있던 감정들을 하나하나 끄집어내어 직면하게 되었다. 공포, 분노, 원망, 죄책감, 자기혐오와 자기연민, 그리고 가장 밑바닥에 웅크리고 있던 굴욕감과 수치심. 그 수치심은 쥐구멍에라도 들어가고 싶다는 표현으로도 부족했다. 그냥 먼지가 되어 무존재로 흔적없이 사라져버리고 싶다는 마음에 가까웠다. 루미의 시를 처음 읽었을 때의 충격은 비록

당시엔 알 수 없었지만, 삶의 극심한 고통과 자기 존재가 지워져버렸으면 하는 욕망이 자아의 껍데기를 벗어나 천상의 연인과 하나되길 바라는 숭고함으로 승화될 수 있다는 희망과 위로 때문이었다.

> 님이 주는 고통을 사랑하라
> 님의 상냥함을 구하지 말라
> 아양을 떠는 아름다운 님
> 통곡을 사랑하는 님이 그대를 찾아오리라 (42쪽)

루미는 안락한 삶을 노래하지 않았다. 슬픔과 피와 고통의 시를 끊임없이 읊었다. 님의 장미꽃 같은 아름다운 얼굴에 다다르기 위해서는 먼저 피로 짠 베일을 걷어야 한다고 그는 말했다.

루미의 처절한 시상은 그가 살았던 13세기 초의 시대적 배경과도 무관하지 않다. 당시는 칭기즈칸이 이끄는 몽골이 서아시아와 동유럽까지 정복하면서, 수많은 도시들이 풀 한 포기 남김없이 파괴되고 대량학살이 일어났던 시기였다. 이슬람 세계의 기둥이었던 아바스왕조는 멸족을 당했고, 바그다드와 에스파한에는 수십만 개의 해골로 만든 탑이 세워졌다. 루미의 고향인 발흐(현재 아프가니스탄 북부에 위치한 도시)는 열한 살 남짓 어린 소년이었던 그가 가족들과 피란을 떠난지 얼마 후 곧 끔찍한 살육의 현장이 되었다. 당시 이슬람 세계는 정치적 대혼란에 빠졌고 경제는 말할 것도 없었다. 그런데 이상하게도 가장 끔찍한 이 재앙의 시대는 동시에 이슬람 전역에서 신비주의 영성 운동이 가장 활발했던 시기이기도 했다. 스페인의 이븐 아라비, 이란의 파리옷딘 앗터르와 시라즈의 사아디, 인도의 치스티, 델리의 니잠웃딘 아울리야 및 아미르 호스로, 그리고 루미에 이르기까지 현재에도 지대한 영향력을 미치고 있는 수많은 수피 스승들과 시인들이 13세기에 대거 등장했다.

그러나 이러한 혼란스러운 시대적 배경과 더불어 루미의 시 세계에 비할 데 없는 큰 영향을 준 사건은 바로 샴스와의 만남이었다. 셀주크왕조의 수도였던 터키 중부 도시 코냐에 있는 루미의 영묘에서 나와 큰길을 따라 내려가다보면, 루미가 그의 스승이자 소울메이트였던 타브리즈의 샴스를 처음 만났다고 전해지는 길 한가운데에 기념비가 있다. 바로 '메라즈 알 바흐라인'으로, 아랍어로 '두 개의 바다가 만난 지점'이라는 뜻이다. 당시 제자들과 나귀를 타고 길을 지나던 루미는 처음 보는 누추한 차림의 떠돌이 구도자 샴스와의 짧은 대화를 나눈 후 충격을 받아 정신을 잃고 길에 쓰러졌다고 한다.

루미와 샴스가 만난 강렬한 장면은 수세기에 걸쳐 회자되어왔다. 그렇지만 루미가 진정으로 샴스를 만난 것은 그와 헤어진 이후가 아니었을까 하고 생각해본다. 존경받는 종교 지도자이자 법관, 경건한 금욕주의자였던 루미가 정처 없이 세상을 방랑하는 수피 수행자 샴스에게 강렬하게 끌렸던 것은 사실 루미의 내면에 샴스와 같은 자유로운 영혼이 숨어 있기 때문이었다. 샴스는 루미 안에 깊이 숨어 있던 위대한 사랑을 비춰준 거울이었다. 하지만 만약 샴스가 루미의 곁에 계속 남아 있었다면, 루미는 자신의 진정한 모습을 발견하는 대신 샴스를 통해 만족하는 것으로 끝났을 것이다.

어느 날 갑자기 샴스가 연기처럼 실종되자, 루미는 직접 다마스쿠스까지 달려가 그를 찾으려 애썼다. 그리움과 슬픔에 눈물로 밤을 지새우기도 하고, 님이 자신을 버린 것은 아닐까 원망도 해보고, 어딘가에서 샴스를 보았다는 소문에 희망으로 가득찼다가도 세상이 무너지는 듯한 절망에 빠지기를 반복했을 것이다. 한참 동안 그를 찾아 방황하던 루미는 모든 것을 내려놓은 후에야 비로소 샴스를 발견할 수 있었다. 세상을 밝히는 태양에서, 매혹적인 달빛에서, 나뭇가지를 흔들리게 하는 바람에서, 나이팅게일의 노래에서, 고대 이교도 신들의 조각상에서, 그리고 루미 자신 안에서…… 그렇게 찾아 헤매던 사랑하는 님의 얼굴이 사실은 우주 만물 안에 깃들어 있었다. 루미 자신이 바로 샴스이고 샴스가 자신이었다. 경건한 신학자였던 루미의 입술에서 어느새 열정적인 시어가 터져나오기 시작했다. 샴스에게 헌정한 『태양시집ديوان شمس』 및 『영지靈智의 마스나비مثنوی معنوی』 등 모든 시들은 루미가 샴스를 잃은 후에 나온 작품이다. 샴스와의 분리가 없었다면 루미는 결코 우리가 아는 시인 루미로 기억되지 못했을 것이다. 신비주의 시인 앗터르 니셔푸리가 피란길을 떠나는 소년 루미를 보고 예언했듯, 소년은 사람들의 심장에 신성한 사랑의 불길을 일으켰다. 그 예언은 무려 팔백 년이라는 시간과 문화적 언어적 장벽을 초월해 여전히 유효하다.

루미의 시는 지난 십오 년간 괴롭고 힘들었던 순간마다 나를 지탱해준 든든한 버팀목이자 희망의 빛이었다. 루미에게 사랑과 생명을 준 이가 샴스였다면 내게는 그러한 존재가 바로 루미였다. 『태양시집』 사십 편의 시 번역이 마무리되었을 즈음 갑작스러운 임신 사실을 알게 되면서 출산과 출판을 동시에 앞두게 되었다. 이제는 내가 누군가에게 사랑과 생명을 줄 차례가 된 것 같다. 루미의 『태양시집』을 처음으로 페르시아어에서 한국어로 옮긴 이 책이, 위로가 필요한 누군가에게 사랑의 씨앗이 되는 데 조금이나마 보탬이 되었으면 하는 바람이다.

나의 첫 페르시아어 및 시문학 선생님이자 소중한 친구인 하미드와 퍼테메 부부, 『태양시집』을 번역하는 데 가장 큰 도움을 주셨던 영화감독이자 수피 수행자 샤흐럼 보수그شهرام وثوق 선생님, 번역에 매번 신선한 영감을 주었던 친구 에흐선 카라미احسان کرمی, 루미 시 수업의 열정적인 학생으로 일차 교정을 기꺼이 맡아주신 박채아님, 『태양시집』이 빛을 볼 수 있도록 믿고 도와주신 문학동네의 손예린 편집자님께 무한한 감사를 드린다.

박은경

1부

형상의 감옥에서 나오라

심장아, 지나갈 이 땅에 왜 매여 있느냐

심장아, 지나갈 이 땅에 왜 매여 있느냐
새장 밖으로 날아가라!
그대는 영혼 세계의 새라네

그대는 우아한 세상에서 온 다정한 벗
비밀의 베일 뒤에 머무는 이
흔적없이 사라질 이 자리에 왜 안식처를 짓는가

그대 자신의 상태를 살펴보라
밖으로 나오라! 여행을 시작하라!
형상 세계의 감옥에서 나와 의미의 초원으로 가라!

그대는 천상계의 새라오
사랑 모임의 절친한 벗이라오
이 세상에 머문다면 땅을 치며 후회하리라

매일 아침 창공에서 부르는 소리가 그대에게 닿네
그대 흙먼지 길에 앉아 있구려

언제 목적지를 향해 길을 떠날 것인가

합일의 카바◆로 향한 길을 보라
그 길은 가시로 가득하구나
열정에 생명을 잃은 수천 명
젊은 목숨을 기꺼이 바쳤구나

이 길 위에서 수천 명이 지쳐 떨어져,
결국 목적지에 이르지 못했다네
합일의 향긋한 미풍만이 벗님이 사는 골목의 소식을 전한다네

합일의 잔치를 추억하며 님의 아름다움을 열망하네
그대도 아는 그 포도주
그 술을 들이켠 이들은 모두 인사불성이 되었다네

님의 골목 입구에서 나는 향기, 얼마나 향긋한지
님의 얼굴을 보기 위해 밤도 낮이 되었다네

◆ 사우디아라비아 메카에 있는 이슬람교의 성전. 전 세계의 이슬람교도들이 이곳을 향해 기도를 드린다.

육신의 욕망을 영혼의 빛으로 불태워라
욕망이 다섯 번의 기도라 하면,
영혼은 일곱 권의 쿠란이라네

달과 태양, 일곱 층의 천국이 꿀꺽 삼켜지네
영혼의 카노푸스◆가 자오선 위로 떠오르네

행복과 행운을 이 세상에서 구하지 말라
그대 결코 찾을 수 없다네
그분의 종이 되기를 갈구하라
두 세상의 행복이 거기 있다네

스쳐지나가는 사랑 이야기는 그만 내려놓으라
신의 종이 되어라
그대의 온 힘을 다해

그대, 영광스러운 타브리즈의 태양◆◆에게서 내세의 행복을

◆ 밤하늘에서 태양계 행성을 제외한 천체 가운데 시리우스 다음으로 두번째로 밝은 별. 풍요를 가져다주는 상서로운 별로 알려져 있다. 카노푸스가 남쪽 하늘에 뜨는 것은 날씨가 서늘해지기 시작한다는 신호다.
◆◆ '타브리즈'는 이란 서부 도시의 지명이다. '태양'을 의미하는 원문의 '샴스'는 루미의 영적 의지처였던 떠돌이 수행자의 이름이기도 하다.

구하라

　모든 의미를 꿰뚫어보는 자

　바로 그분이라네, 영지靈智의 샴스

부름의 소리가 영혼들에게 들리네

부름의 소리가 영혼들에게 들리네
그대들 얼마나 많이 고대했던가
그대들 자신의 본래 집으로 돌아왔네

우리 곁의 거프산◆은 그대들로부터 태어나고 존재하기에,
거프산으로 날아가오
재결합을 위해

물과 진흙으로 빚어진 이 몸은 족쇄와 같으니
온 힘을 다해 그 족쇄를 조각조각 깨부수시오

이 낯선 땅을 떠나 여행을 하시오
고향으로 돌아가시오
이 이별에 우리 몹시 지쳤으니 결심하오

◆ 페르시아 전설에 따르면 지구는 거프산으로 둘러싸여 있다고 한다. 거프산은 지상에서 하늘과 가장 가까운 곳으로, 신과 하나되고 싶은 영혼의 열망을 상징한다.

더럽고 냄새나는 요구르트, 우물물, 황무지에서
인생을 얼마나 더 헛되이 썩힐 테요

신께서 애써 그대들의 날개를 만드셨는데
살아 숨쉬는 그대들이여,
움직이시오, 노력을 보이시오!

게으름으로 희망의 날개가 다 썩어가네
날개와 깃털이 빠져버리면 다 무슨 소용인가

탈출하는 것도 지긋지긋
우물 바닥을 떠나기 싫어하네
이보게, 잘되었구먼
우물 바닥에서 잘 지내고 있으니

믿음의 성자들이 부르는 소리가 들리네
눈뜬 자들이여
어린아이도 아닌데 왜 소맷자락을 물고 빨고 있소

그러면 믿음은 뭐가 되겠나
보리 나락에만 마음이 팔려 있으니
이보게, 그 보리는 건너뛰시오

그대들 아직 젊지 않소

색욕이란 절구 안에 물을 넣고 찧는 일처럼 헛된 것
찧을 물마저 없으면 허풍만을 늘어놓는구려

쿠란의 하느님 말씀처럼,
이 세상은 대마초라오
대마초 세상 속에서 짐승처럼
그대들 아무 맛 없는 여물을 씹고 있는가

이보게, 새 포도주가 오는구려
얼른 옛 술을 술통에서 빼내시오
달콤한 과자와 음료를 위해
몸을 정결하게 씻으시오

이보게, 영혼의 증인이여
거울을 찾길 바라거든
거울의 때를 깨끗이 닦고 광을 내시오

나는 이 말의 요지를 말할 처지가 아니니
샘물의 근원을 찾으시오
다른 답도 그곳에서 찾으리라

근심하는 이들 모두 떠났네

근심하는 이들 모두 떠났네
그대들 집 문을 꼭꼭 닫아라
근심하는 이성을 향해
모두 함께 하하 웃으라

그대들은 예언자의 후손이니 승천*하라!
그대들 높은 지붕 위에 있으니,
달의 얼굴에 입맞추라!

예언자께서 달을 반으로 가르셨는데**
그대들은 왜 구름으로 달을 가리는가
그분은 굳세고 우아하신데,
그대들은 헛되이 빈둥거리기만 하는구나

* 예언자 무함마드의 하늘나라 여행 '메라즈'를 의미한다. 여행중 하늘에서 선지자들을 만나고 신의 말씀을 들었다고 전해진다.

** 알라를 믿지 않는 메카의 이교도들이 어느 날 무함마드를 시험하기 위해 달을 반으로 갈라보라고 요청했다. 그러자 그는 기적을 행해 신의 위대함을 증명했다고 한다.

근심하는 자들아,
도대체 무엇을 위해 용감하게 길을 나섰는가
왜 파르하드◆처럼 불타는 열정으로
단숨에 산을 쪼개지 않는가

그대들의 얼굴이 달덩이같지 않다면,
적어도 달을 외면하지는 말라
그대들에게는 질병과 고통이 없으니,
머리를 붕대로 감지 말라

이렇게 되어라, 저렇게 되어라 하는 말들
그렇게 옳지는 않다
그대들이 어떠한지 얼마인지 따위는 알려 하지 말라

샘을 보았으면서 왜 물이 되지 않는가
자신을 보았으면서 왜 자기를 선택하는가

달콤한 사탕의 원천에서

◆ 페르시아 왕 호스로 2세의 왕비인 시린과 사랑에 빠진 조각가. 왕은 험준한 비소툰산을 통과해 흐르는 강의 지류를 자르고 벼랑에 조각을 새길 수 있다면, 아름다운 시린을 신부로 주겠다고 파르하드에게 약속했다. 그는 제안을 받아들여, 벼랑의 바위를 정으로 내리칠 때마다 시린의 이름을 불렀다고 한다.

왜 시큼텁텁한 얼굴을 하고 있는가
생명의 물에서 왜 메마른 채 우울해하는가

자신을 괴롭히지 말라
복에서 달아나지 말라
올가미에 사로잡혀 있으니 어떻게 벗어날 수 있겠는가

올가미에 사로잡혀 있으니
그대들 전혀 안전하지 못하다
몸부림치지 말라, 몸부림치지 말라
싸움으로 자신을 갈아 으깨지 말라

용맹한 나방처럼 이 촛불로 뛰어들어라
친구들과 어울리느라 그대 멈춰 있구나
교제에 매여 있구나

촛불에 자신을 불태워라
심장과 영혼에 불을 지펴라
새로운 몸을 입어라
헌 몸은 벗어던져라

여우 따위가 두려울쏘냐

그대에겐 사자의 피가 흐른다
발을 저는 당나귀 따위에 신경을 쓸 텐가
그대는 적토마의 등에 앉아 있다

벗님이 오시어 행복의 문을 여시네
벗은 열쇠요, 그대들은 빗장이라네

침묵하라!
말이 그대들을 삼키리라
말을 추구하는 이는 앵무새요
그대들은 달콤한 설탕이라네

나무에 다리와 날개가 있어서

나무에 다리와 날개가 있어서 움직일 수 있었다면
톱날의 고통도 도끼날의 상처도 받지 않았을 터

태양에 다리와 날개가 없어서 세상이 전부 밤이 되었다면
새벽녘에도 세상엔 아무런 빛이 없었을 터

바다의 짠물이 지평선 위로 올라가지 않았다면
홍수도 비도 내리지 않고
생기 가득한 장미정원도 없었을 터

물방울들이 본향을 떠나 다시 돌아오면
조개를 만나 진주알이 된다

요셉이 슬피 우는 아버지의 곁을 떠나
여행을 하지 않았다면
행복을 향한 여행도
왕국도 재상 자리도 얻지 못했을 터*

무함마드가 메디나로 여행을 떠나지 않았다면
주권도 얻지 못하고
수많은 나라를 다스리는 왕이 되지도 못했을 터◆◆

그대 다리가 없다면
자기 내면으로 여행을 떠나라
루비 광산처럼 태양 광선을 받아들여라◆◆◆

이보게, 자기의 육신에게서 나와라
자기 내면으로 여행을 떠나라
그렇게 여행을 가라
흙먼지에서 금광으로

쓴맛과 신맛에서 나와 달콤한 과자로 가라
쓴맛에서 해방되어 수천 종류의 과일로 가라

◆ 야곱은 열두 아들 중 막내인 요셉을 유독 사랑했다. 그를 질투한 형들은 인적이 없는 우물에 요셉을 빠뜨리고 아버지에게 그가 죽었다고 말했다. 마침 우물가를 지나던 상인들에 의해 구조된 요셉은 이집트에 노예로 팔려가게 되고, 나중에는 파라오의 꿈을 해석해 재상 자리에 앉게 된다.

◆◆ 예언자 무함마드는 622년에 메카에서 쫓겨나 메디나로 근거지를 옮기게 된다. 이 사건을 '헤지라'라고 한다. 630년, 군대와 함께 메카로 돌아온 그는 도시를 정복하고 통치권을 되찾는다.

◆◆◆ 당대 사람들은 돌이 어둠 속에서 오랫동안 태양빛을 받으면 루비로 변할 수 있다고 믿었다.

영광스러운 타브리즈의 태양으로부터 달콤함을 구하라

그 모든 과일이 샴스의 태양빛에서 영광을 찾으리라

2부

☼

이성이 영혼을 잠식한다

이성을 따르는 자들은 매 순간 슬픔만을 찾는다

이성을 따르는 자
매 순간 슬픔만을 찾는다
사랑을 하는 자
매 순간이 무아경이며 상사병이다

이성을 따르는 자들은
바닷속에 잠기는 것을 피하고 도망친다
사랑을 하는 자들은
바닷속에 잠기는 것이 그들의 일이요 전문이다

이성을 따르는 자들은
편안함에서 편안함으로 가려 한다
사랑을 하는 자들은
편안함의 노예가 되는 것을 치욕으로 여긴다

사랑을 하는 자
친구들과 함께 머문다
물가의 올리브나무가 온몸으로 수분을 빨아들여

물과 한몸이 되는 것처럼

사람들은 사랑을 하는 자에게 충고한다
사랑은 없다고
그를 단념시키려 한다
조롱만 받게 될 것이라고 한다

사랑은 사향을 풍기니
그 때문에 불명예가 자자하다
사향에게 이 오명을 해결할 도리가 있겠는가

사랑이 나무라면
사랑하는 이들은 그 나무의 그림자다
그림자가 아무리 길게 늘어진다 해도
늘 나무의 곁에 머문다

이성이 하는 일은
아이를 노인으로 만들고
사랑이 하는 일은
노인을 젊은이로 만든다

타브리즈의 태양이여!

그대의 사랑으로 가장 낮은 곳을 자처한다 하여도
그대의 사랑처럼 가장 높은 권좌에 앉게 되리라

생각을 내려놓으라

생각을 내려놓으라
생각을 심장으로 가져오지 말라
그대는 벌거벗은 몸이고
생각은 얼음장처럼 차갑다네

그대 슬픔과 고통을 떨쳐내려고
갖은 생각을 다 하지만
생각이 바로 슬픔의 근원이라네

창조의 시장市場은 생각의 밖에 있다는 것을 알라
창조된 작품을 바라보아라
허공에 붕 뜬 한심한 자여

모든 형상이 날아오는
그곳을 바라보아라
오래된 물레방아를 돌리는
그 냇물을 바라보아라

그 근원에는 꽃밭이 있네
꽃처럼 고운 그분의 얼굴이
모든 이의 심장을 훔치네
그곳에 소동의 근원이 있네
사모하는 자들의 얼굴을 누렇게 뜨게 하네

수천수만 마리의 새가 기뻐하며
공空◆으로부터 날아오네
수천수만 개의 화살이
활 하나에서 튕겨나오네

비할 데 없이, 견줄 데 없이
관습과 이해를 넘어서시네
두 손 없이도 보이지 않게
반죽 수백 개를 빚으시네

화덕의 불 없이도 심장과 위장에 불을 지피시네
빵은 가게에 진열되어 있는데
우리의 빵을 굽는 이의 모습은 보이지 않는구나

◆ 수피 사상에서 '공'은 형태나 한계, 분리가 없는 무한의 상태, 신과 합일되어 있던 영혼의 본향을 의미한다.

밋밋한 흙판 위에 방대한 그림을 그리시네
피 거품에 방대한 우유를 부으시네

그대가 신께 갈구하니,
하늘에서 큰 소리가 들려오네
"가난한 이여, 바구니를 열어보아라.
선물을 받아라."

음식이 가득 들어오니 바구니가 찢어질 듯하네
신의 부엌에서 온 선물이 하찮겠는가

하늘에서 만나와 메추라기를 내려주신 그분◆
바위산 틈에서 낙타들을 나오게 하신 그분◆◆

정자 한 방울에서 영웅 로스탐◆◆◆을 태어나게 하신 분

◆ 모세가 이스라엘 백성들을 이끌고 약속의 땅에 이르기까지 사십 년의 방랑 기간 동안 신은 하늘에서 '만나'라고 하는 달콤한 음식과 메추라기 고기를 식량으로 내려주었다.
◆◆ 예언자 살레는 사무드 땅의 사람들에게 알라의 말씀을 전했다. 그의 말을 믿지 않던 사람들이 기적을 일으키길 요구하자, 살레는 그들 앞에서 바위를 쪼개 그 안에서 신의 축복을 받은 암낙타를 나오게 했다고 한다.
◆◆◆ 페르시아 신화에서 가장 유명한 영웅으로, 사자처럼 용맹하고 낙타처럼 키가 크며 코끼리만큼 힘이 셌다.

깊은 잠 꿈에서 빗물과 같은 창조의 길을 여신 분

공空 안에서 매 순간 형상이 나타나네
환상들이 바삐 길을 재촉하네

그분께서 내게 침묵하라 하시니
나 그 명령을 받들어 입을 다문다
때가 되면 군주께서 직접 해설해주시리라

피로 짠 베일 아래

피로 짠 베일[◆] 아래 사랑은 장미밭을 품고 있네
사랑의 찬란함은 연인들을 위하여
견줄 데 없는 일들을 안배하네

이성이 말하길,
"세상은 여섯 방향이라네. 그 외의 길은 없다네."[◆◆]
사랑이 말하길,
"길이 있다네. 난 여러 번 다녀왔다네."

이성은 시장을 둘러보고 장사를 시작하네
사랑은 이성의 시장에서 다른 시장들을 보았네

오, 비밀에 싸인 만수르 할라즈[◆◆◆]는 사랑의 님을 믿었다네

◆ 이슬람 여성들이 머리와 얼굴을 가리기 위해 착용하는 히잡을 의미한다. 수피 시문학에서 베일은 신성이라는 본질을 가리는 표면적 현상을 은유한다.
◆◆ 이성은 세상이 동서남북 위아래 여섯 방향으로 한정되어 있다고 말한다.
◆◆◆ 호세인 이븐 만수르 알 할라즈(858~922). 페르시아 초기 수피 사상을 대표하는 신비주의자이자 시인, 설교자. 그는 자아의 소멸과 신성의 내재를 체험하고 "나는 진리다"라고 대중 앞에서 외쳤다. 그러다 아바스왕조의 법정

설교단에 올라 가진 자들을 향해 설파하였네

술고래 연인들 가슴에는 열정이 가득
이성을 따르는 이들의 어두운 가슴에는 부정否定만 가득

이성이 말하길,
"그 길에 발을 딛지 마라.
죽음의 길. 가시만 가득하다네."
사랑이 이성에게 말하길,
"그 가시는 바로 네 안에 있다네."

침묵하라!
심장 깊숙이 박힌 네 안의 가시를 뽑아내어라
그러면 내면에 핀 꽃밭을 보게 되리라

타브리즈의 태양이여
이 말의 구름 속 태양이 바로 그대라네
그대의 태양이 떠오르면
언어는 깨끗이 소멸되리라

에 서게 되고 오랜 기간 수감된 후 처형당했다. 13세기 페르시아 시인 앗터르는 그를 '신의 사랑을 위해 순교한 자'라 칭하기도 했다.

자기가 있는 정신에게 님은 가시로 찾아오고

자기가 있는 정신◆에게
님은 가시로 찾아오고
자기가 없는 정신에게
님은 경이로운 일로 찾아오리라

자기가 있는 정신은
모기의 사냥감이 되고
자기가 없는 정신에게는
코끼리가 제 발로 찾아오리라

자기가 있는 정신은
슬픔의 구름에 갇히고
자기가 없는 정신에게는
달이 그 곁으로 온다

◆ 인간의 내적 자아를 일컫는다. 루미는 이를 무기물, 동물, 인간, 천사, 그리고 무존재의 층으로 묘사하기도 했다. '자기가 없는 정신'이란 너와 내가 분리되지 않은 상태, 물질세계의 형태에 끄달리고 동일시하기 전의 영혼, 신과 합일된 무존재의 상태를 뜻한다.

자기가 있는 정신은
님을 옆으로 밀어내고
자기가 없는 정신에게는
님의 포도주가 온다

자기가 있는 정신은
늦가을처럼 상심에 빠지고
자기가 없는 정신에게는
겨울도 봄처럼 온다

그대의 모든 불안정은 안정을 추구해서 생기니
불안정을 추구하라
안정이 그대를 찾아오리라

그대의 모든 소화불량은 소화를 추구해서 생기니
소화를 포기한다면
소화제가 그대를 찾아오리라

그대의 모든 좌절은 의도를 추구해서 생기니
추구하기를 그만둔다면
모든 의도가 꽃을 흩날리는 행렬의 모습으로 그대를 찾아오리라

님이 주는 고통을 사랑하라
님의 상냥함을 구하지 말라
아양을 떠는 아름다운 님
통곡을 사랑하는 님이 그대를 찾아오리라

타브리즈로부터 동방의 제왕 샴스께서 행차하시면
하늘의 달과 별들도 수치심에 빛을 잃게 되리라

3부

☼

신성의 술

오, 빛나는 심장들의 서키여

오, 빛나는 심장들의 서키◆여!
아량의 술병을 가져오오
이 술을 위해 공空의 사막에 있던 우리를 데려왔구려

영혼이 생각을 넘어서도록,
이 장막이 갈라지도록!
생각이 영혼을 잠식하고 있었소
매 순간 영혼을 갉아먹고 있었소

오 심장이여, 님에 대해 떠드는 그 입 다물라
그대는 님에 대해 전혀 알지 못하네

그대 아름다움이 달덩이 같다 한들,
님의 얼굴에 난 점에도 비할 바 못 된다

◆ 왕실, 귀족들의 회합, 술집 등에서 사람들을 접대하며 포도주를 따라주던 이를 일컫는 말. 아름다움과 지혜를 겸비한 서키는 신성의 포도주로 인간의 영혼에 합일의 황홀경을 주는 존재, 신 또는 샴스와 같은 완전한 사람을 은유한다.

모든 학자의 미덕,

현자들의 즐거움 중 즐거움

어디에서 찾을까

어디에서 알 수 있을까

장미정원은 어디에

향기는 어디에

식초가 되어버린 포도주의 신맛 언제쯤 사라질까

이 포도주를 구하지 말라,

저 포도주를 구하라

슬픔의 잔은 어디에

잠시드의 잔◆은 어디에

아름다운 이여, 그 포도주,

지혜의 술을 가져오시오!

생명의 바다를 담은 술이 우리를 구원하네

우리의 배는 진주로 가득한 보물상자가 되네

회의론자들의 차디찬 탄식 위에

◆ 페르시아 신화 속 인물인 잠시드왕의 보물. 그 잔에는 불로불사의 영약이 들어 있으며, 그것을 통해 우주의 일곱 하늘을 비롯한 온 세상을 들여다볼 수 있었다고 한다.

고귀한 포도주를 부어라!
차가움이 뜨겁게 불타도록
모든 아니요가 예가 되도록

듣는 사람들이 없다 해도 나의 말은 훌륭하다
빛이 되어라!
아니면 멀리 떨어져라!
우리를 억압하지 말라!

그대는 눈병처럼 눈에 붙어 떨어지질 않는구나
이보게, 책장을 넘기지 않는다면
내가 펜대를 반토막 내리라

부르짖으며 외치는 자들은 모두 든든한 지원군이 있다
깃발이 혼자서 펄럭거리겠는가
그 뒤에는 왕의 행렬과 군대가 함께 있다

아직 왕국을 텅 비우지 않았다면,
'나'로부터 이 육신을 비워라!
진흙과 물 속의 취한 영혼이 미끄러져 넘어질까 두렵네

오, 타브리즈의 태양이여, 선한 안내자여, 우리를 보라!

오, 우리의 발에 길을 걸어갈 힘을 주는 이여
병에 걸린 우리 영혼을 치유하는 이여

나는 취했고 너는 미쳤네

나는 취했고 너는 미쳤네
누가 우릴 집으로 데려다줄까
내가 백 번이나 말했지
두세 잔만 마시라고

도시 안에서 취하지 않은 이는 한 명도 보지 못했네
한 명 한 명 심각하게
황홀경 속에 미쳐 있네

그대여 술집으로 오라
함께 영혼의 기쁨을 맛보자
마음을 나눌 님이 없다면 무슨 낙으로 살겠는가

모든 구석에 술 취한 이들
손에 손을 잡고 있네
서키는 고귀한 술잔으로
사람들을 기쁨에 취하게 하네

그대, 술집에 모든 것을 바쳤네
받는 대가는 포도주,
지불하는 것도 포도주
그대가 헌신한 그 포도주
취하지 않은 자에게는 한 방울도 주지 마라

오, 집시 류트 연주자여,
그대와 나 중 누가 더 취해 있는가
취한 자네 앞에서 나의 마술은
그저 허무맹랑한 이야기일 뿐

집밖으로 나가자 취객이 다가왔네
그 두 눈에는 수많은 화원과 궁전이 숨어 있었네

취객은 닻 없는 배처럼 흔들흔들 걷네
수많은 현자와 학자가 그를 죽도록 질투했네

내가 물었네
"그대는 어디서 왔소?"
그가 코웃음치며 말했네
"오, 님아, 나의 반쪽은 투르크메니스탄에서,
다른 반쪽은 페르가나*에서 왔다오."

"나의 반쪽은 물과 흙,
다른 반쪽은 영혼과 심장이라네.
나의 반쪽은 바닷가에 있으며,
다른 반쪽은 바닷속 모든 진주라네."

내가 말했네
"부디 내 벗이 되어주오. 우리는 동족이라오."
그가 말했네
"나는 동족과 이방인을 구분하지 못한다오."

정신도 터번도 다 잃어버렸네
술집에서 얼큰하게 취해 있네
한가슴에 많은 말을 담아두었네
지금 이 말을 해야 하나 말아야 하나

다리를 저는 사람들의 모임에 가면 발을 절어야 한다네
알리여네◆◆의 이 조언을 듣지 못했는가

◆ 지금의 우즈베키스탄, 타지키스탄, 키르기스스탄 접경 지역.
◆◆ 루미 시대의 유명한 현자.

취한 그대 이토록 훌륭한데,
언제 나무 기둥만 못한 적이 있었던가
한너네 기둥◆도 이별의 슬픔에 일어나 울부짖었다네

진리인 타브리즈의 태양이여,
인간들을 얼마나 멀리하였던가
그대 지금도 셀 수 없는 매혹의 소동을 일으키는구나

◆ 무함마드가 기대어 설교하던 예배당의 기둥. 예언자를 찾아오는 사람들이 점점 많아지자 설교가 더 잘 들리게 하기 위해 기둥을 떠나 연단을 세우게 되었다. 한너네 기둥은 무함마드와의 이별을 슬퍼하며 울었고, 무함마드가 다가가자 기둥은 평화를 되찾았다고 한다.

간사한 꾀를 내려놓아라

간사한 꾀를 내려놓아라
사모하는 자들아
미쳐라, 미쳐라
심장의 불 속으로 뛰어들어라
나방이 되어라, 나방이 되어라

자신과 남이 되어라
집도 폐허로 부수어라
그리고 와서 사모하는 자들과
한 가족이 되어라, 한 가족이 되어라

가슴으로 가라
원한 가득한 가슴을 일곱 번 씻으라
그리고 사랑의 술이 가득한
술잔이 되어라, 술잔이 되어라

온전히 영혼이 되어라
사랑받는 님에게 합당한 영혼이 되어라

술꾼들의 회합에 가려거든 그대
취하라, 취하라

진귀한 진주 귀걸이
아름다운 님의 벗이 되었네
그 고귀한 귀와 얼굴을 위해
진주가 되어라, 진주가 되어라

우리의 달콤한 전설 이야기에
그대의 영혼 하늘을 나네
소멸하라, 사모하는 자들처럼
전설이 되어라, 전설이 되어라

무덤의 밤으로 가라
권능의 밤◆이 되어라
혼들의 안식처가 되어라,
안식처가 되어라

그대의 생각들이 떠나가면서 그대를 끌어당기네

◆ 신이 대천사 가브리엘을 통해 예언자 무함마드에게 계시를 내린 날, 쿠란이 쓰인 날을 일컫는다. 원문에서 '무덤의 밤'과 압운을 이루는 부분이다.

생각이 떠나도록 두어라
그대는 신이 예정한 대로 앞으로 나아가라, 나아가라

욕망과 욕구는 우리의 심장을 잠그는 자물쇠라네
열쇠가 되어라, 열쇠가 되어라
열쇠 날이 되어라, 열쇠 날이 되어라

예언자 무함마드의 빛이 한너네 기둥을 어루만지게 하라
그대 한낱 나무 기둥만 못하겠는가
울부짖으라, 울부짖으라

솔로몬왕이 말했네
새들의 노래◆를 들으라
새들을 도망가게 하는 덫이 되지 말라
새들의 둥지가 되어라, 둥지가 되어라

아름다운 님의 얼굴이 드러나게 하려면
거울처럼 그 얼굴을 가득 비춰라
님의 고수머리가 풀어지게 하라

◆ 쿠란에 나오는 표현으로 '새들의 언어'라는 뜻. 솔로몬왕은 새들이 지저귀는 소리에서 신의 비밀을 이해했다고 한다.

빗이 되어라, 빗이 되어라

언제까지 룩rook처럼 두 갈래 길만 갈 것인가
언제까지 폰pawn처럼 한 칸씩만 갈 것인가
언제까지 퀸queen처럼 지그재그로 갈 것인가
현자가 되어라, 현자가 되어라

그대 사랑의 길에서 감사하는 마음으로
선물과 물질을 바쳤지
물질은 그만 내려놓고 너 자신을 바쳐라
감사하라, 감사하라

그대 잠시 원소였다
그대 잠시 동물이었다
그대 잠시 영혼이었다
사랑받는 그 님이 되어라, 님이 되어라

지붕 위와 문 앞에서 연설하는 이여
언제 집안으로 들어올 것인가
어서 들어오라
달변의 혀를 멈추어라
입을 닫아라, 입을 닫아라

4부

나의 영혼, 나의 생명 그대여

내 심장을 앗아간 그 님

내 심장을 앗아간 그 님 내게로 왔네
내 영혼의 문과 지붕이 활짝 열렸네

나 말했네
"그대는 오늘밤 나의 손님,
나의 유혹자 나의 열정과 격정인 그대여."

님이 말했네
"도시에 중요한 볼일이 있다오.
이만 가야겠소. 나의 영혼, 나의 생명 그대여."

나 말했네
"기어코 나를 떠나겠다면
오늘밤 나의 육신을 밖으로 끌어내주오."

이 밤에 그대는 기어이 떠나겠지
한 치의 자비도 없겠지
내 얼굴 누렇게 뜨겠지

그대의 아름다운 눈 한 치의 자비도 없겠지
나의 곡소리 나의 젖은 눈에도

꽃을 뿌리리라 장미밭 침대에
내 아름다운 눈물은 천국의 강물이 되리라

님이 말하네
"나라고 어쩌겠나, 운명이 이러한 것을.
모두의 피를 흘리게 하는 운명이라네."

나는 화성의 사람
내 별자리와 운명에는 피만이 가득하다오

역행하지 말라, 하느님을 받아들여라
나의 화로 안에서 달아나지 말라

나 말했네
"그대 영혼의 목적은 오직 피뿐이네.
나의 전설, 나의 태양 그대여."

나의 삼나무, 나의 장미 그대여

나는 그대의 그림자, 그대의 희생자
그대는 나의 처형자

님이 말했네
"소중한 그대 말고는 나를 위해 희생하는 이 없다네.
그대는 나의 충실한 종."

성 게오르기우스◆가 도착하네
매 순간 나의 왕국에서 새로이 죽네

예언자 이삭◆◆은 내 안의 흙에서
희생제물이 되어야 했네

나는 사랑이다
네 피를 흘리게 함으로써
최후의 날에 너를 살아나게 하리라

◆ 초기 기독교의 순교자이자 성인. 소아시아 카파도키아 출신으로 로마 군대의 용맹스러운 장교였다.

◆◆ 예언자 아브라함의 아들. 신은 아브라함에게 이삭을 죽여 제사를 올리라는 명령을 내렸다. 아브라함이 그대로 이행하려고 하자 신은 이삭이 죽기 직전에 그를 막아섰다.

이보게, 나의 손아귀에서 달아나지 말게
이보게, 나의 단도를 두려워하지 말게

죽음 곁에서 찡그린 얼굴을 하지 마라
내 품안에서 그대 감사하리라

그대를 파낼 때 꽃처럼 웃게 되리라
나의 달콤함 속에서 그대 최후를 맞이하리라

그대는 이삭, 나는 그대의 아비
내가 언제 그대를 해친 적이 있던가
오, 나의 보석이여

사랑은 사모하는 자들의 아버지라네
사랑이 그 무리를 낳았다네
오, 귀 안 들리고 말 못하는 나의 그대여

이 말을 남기고
님은 사막의 아침 바람처럼 떠나셨네
눈물만이 내 눈에 흐르고

내가 말했네

"내게 자비를 베풀면 어떻겠소.
천천히 떠난다면 어떻겠소.
나의 주인이여."

서두르지 마시오
천천히 떠나시오
오, 나의 영혼, 나의 전부
오, 날개 백 개가 달린 날쌘 그대여

나는 단 한 번도 서두른 적이 없었소
그러니 그대도 부디 천천히 가오

만일 내가 서두른다면
돌고 도는 이 하늘이 아무리 애를 써도
나를 따라잡을 재간이 없다오

그러자 그대 말했네
"침묵하라! 이 둔한 하늘은
내 앞에 오면 절뚝거리며 길을 간다.

침묵하라 그대!
침묵하지 않는다면

나의 이글이글 타는 불이 숲을 태우리라."

다음 때를 위해 나머지 말은 아껴두어라
행여 심장이 가슴에서 날아가지 않도록

과수원 꽃밭 같은 그대의 얼굴을 보는 것

과수원 꽃밭 같은 그대의 얼굴을 보는 것
나의 소망
설탕 같은 그대의 입술을 벌리는 것
나의 소망

오, 아름다운 태양!
구름 뒤에서 잠시라도 나와 얼굴을 보여주세요
그 눈부시게 빛나는 얼굴
나의 소망

그대의 소식을 알리는 북소리를 들었어요
나 다시 날아왔어요
왕의 팔에 앉는 것
나의 소망

그대가 지난날 교태를 떨며 말했죠
더이상 귀찮게 말고 썩 꺼지라고
더이상 귀찮게 굴지 말라는 그대의 말

나의 소망

그대 지난날 말했죠
왕은 궁에 계시지 않으니 썩 꺼지라고
문지기의 교태와 쌀쌀맞은 입담
나의 소망

다른 이들이 손에 쥔 것 제아무리 좋다 해도
한낱 부스러기일 뿐
미의 광산, 그 보배
나의 소망

빵과 물레방아는 홍수와 같아요
변덕스러운 세상사
나는 물고기, 고래랍니다
오만Oman의 푸른 대양
나의 소망

야곱처럼 나 슬퍼서 탄식을 내뱉어요
가나안 땅 요셉의 아름다운 얼굴을 보는 것
나의 소망

맹세코, 그대 없는 도시는 감옥처럼 느껴져요
산으로 황야로 그대 찾아 방랑하는 것
나의 소망

비실비실한 길동무들이 나를 언짢게 하네요
신의 사자獅子◆와 영웅 로스탐의 무용담
나의 소망

내 영혼은 파라오◆◆와 그의 독재에 몹시 지쳤어요
아므람의 아들 모세의 빛나는 얼굴
나의 소망

불평불만 슬픔으로 가득한 회중에 몹시 지쳤어요
술고래 친구들의 시끌벅적 고함소리
나의 소망

나의 말은 나이팅게일보다도 감미로운데
사람들이 질투하며 내 입을 틀어막네요

◆ 예언자 무함마드의 사위이자 용맹스러운 전사인 이맘 알리를 가리킨다. 시아파에서 인정하는 유일한 칼리프이며, 수피 사상에서도 중요한 자리를 차지하고 있는 인물이다.
◆◆ 이성적인 자아를 상징한다.

마음껏 울부짖는 것
나의 소망

어젯밤 셰이크◆께서 등불을 들고
도시를 돌아다니셨어요
악마와 야수들에 몹시 지쳤어요
인간을 만나는 것
나의 소망

셰이크께서 말씀하시길
"인간을 찾아 헤매지 말라.
우리는 이미 찾았노라."
찾을 수 없는 그것
나의 소망

나 아무리 가난할지라도
루비 조각 따윈 받지 않을 거예요
유일무이한 오팔 광산
나의 소망

◆ '수피 스승'을 지칭한다.

눈으로 볼 수 없다 해도
그분은 세상만물을 통해 자신을 드러내지요
숨겨진 창조의 현현
나의 소망

나의 열망은 모든 소망과 욕망을 넘어섰어요
모든 장소를 넘어 정수에 도달하는 것
나의 소망

내 귀는 믿음의 이야기를 듣고 잔뜩 취해버렸어요
그런데 내 눈은 어디에 있죠?
믿음의 얼굴을 보는 것
나의 소망

한 손에는 포도주잔
한 손에는 님의 곱슬머리
광장의 한복판에서 춤추는 것
나의 소망

류트가 말하길
"기다리다 죽을 지경이에요.
연주자의 손가락

술대를 어루만지는 그 손길
나의 소망."

나는 사랑하는 님의 류트랍니다
내 님은 류트 연주자예요
자비로운 손길의 은총
나의 소망

오, 우아한 악사여!
이 시의 나머지를 계속 노래로 불러주세요
나의 소망

영광스러운 타브리즈의 태양이여!
부디 동방의 아침을 드러내주세요
나는 후투티 새◆
솔로몬왕의 임재
나의 소망

◆ 쿠란에 따르면 솔로몬왕은 후투티를 전령으로 삼아 셰바의 여왕과 서신을 나누었다고 한다.

그쪽으로 가지 마세요, 이쪽으로 오세요

그쪽으로 가지 마세요,
이쪽으로 오세요
아, 고운 미소를 지닌 꽃나무 그대여
아, 내 이성 중 이성 중 이성이여
아, 내 영혼 중 영혼 중 영혼이여

이쪽으로 돌아가세요
이 길을 지나가거든,
우리의 골목길을 향해 한 번만 눈길을 주세요
사탕수수 안을 가득 넘치게 채워주세요
아, 나의 오아시스여

빨리 어두운 밤이 오기를
아무도 몰래 나 그대 곁으로 갈 거예요
그대 얼굴빛에 어두운 밤이 환해져요
길의 수호자 나의 그대 곁에서

그대를 사랑하는 나는 누구인가요?

피눈물을 따르는 서키입니다
내 두 눈은 술을 따르는 주전자이며
내 속눈썹은 술을 거르는 거름망이랍니다

그대에게 눈물로 담근 포도주를 올립니다
그대에게 내 염통을 구워 올립니다
내가 그대에게 드릴 수 있는 전부랍니다

내 두 눈의 바다에 숨겨진 그대의 귀한 진주
단 한 순간도 바닥나지 않을 것이며,
내 보배광산에 묻힌 그대의 아름다운 루비
단 한 때도 바닥나지 않을 것입니다

이렇게 모두 바쳤는데
그대의 설탕 어디에 있나요?
그대의 계약과 맹세 어찌된 건가요?
갈대 거적은 갈기갈기 찢어주세요
아, 약속을 지키는 나의 좋은 벗이여

내 두 눈 촉촉이 젖고
얼굴색은 노랗게 뜹니다
그대의 마노석에 손을 대자

내게서 황금이 뿜어나오네요

진리의 옷에 이렇게 쓰여 있어요
'믿음을 부활시켜라'
아름다운 그대의 얼굴과 그 글씨에
매 순간 나의 믿음 커져만 가요

격노한 그대
그대 눈이 비밀스럽게 내 눈에 말을 걸어요
그대의 숨겨진 불에서 나온 비밀 이야기
대체 어디로 간 거냐고

"강해져라, 심장아!" 하고 말씀하시네요
아름다운 우상의 교태와 분노를 나 피하지 않겠어요
먼저, 남은 사발을 마저 쭉 들이켜세요
그러고 나서 보세요, 나의 밑바닥을!

장미꽃에는 가시가 있고
보물 옆에는 뱀이 있는 법이랍니다
달콤함은 그대의 소망,
쓴맛과 그대를 향한 인내는 나의 소망!

내가 말했어요
그대가 나의 고통을 바라시니,
고통은 나의 보물이 될 거예요
나 가죽가방을 메고 왔어요
그대가 주는 고통과 슬픔이 나의 여행가방이랍니다

그러니 내 손을 가죽가방 안에 넣습니다
왕과 함께하기를 간절히 바라옵니다
보름달 같은 님께 보따리를 내어드립니다
보름달 같은 님께서 나의 손님이 되셨으니까요

무언가 먹고 싶어지면
아무런 위험 없이 가방 안에서 음식을 꺼내요
내 얼굴엔 분홍빛 홍조가 번지고
내 식탁엔 싱싱한 요리가 한가득

님께서 말씀하시길
"좋아요, 대화가 너무 간 것 같군요.
가방을 잃어버리지 않도록 부디 조심하세요,
그대, 드디어 열쇠를 찾았어요.
아, 믿음직스러운 나의 문지기여."

인내는 안식의 열쇠

인내는 승천의 사다리

인내는 죄의 해독제

아, 나의 투르크 사냥개 용사◆여

"오 소년이여, '러훌'◆◆이라고 외치기를 멈춰라.

외치면 외칠수록 악마가 무섭게 울부짖는단다."

내가 기도문 읊기를 멈추자

내 안의 악마도 울부짖기를 멈추네◆◆◆

◆ 당시 투르크 군인들은 사냥개처럼 빠르고 무자비한 습격으로 유명했다.

◆◆ '신 외에 권세 없다'는 의미.

◆◆◆ 기도문을 의미 없이 외우기만 한다면, 우리 안의 악마(생각과 이성)가 더 크게 울부짖을 것이다. 그 대신 침묵하고 기도문의 참된 의미를 삶에서 실천하라는 의미.

모두가 없어도 나 살 수 있지만

모두가 없어도 나 살 수 있지만
그대 없이는 살 수 없습니다
내 심장엔 그대의 인두로 찍힌 낙인이 있어
그대 없는 다른 곳엔 살 수 없습니다

이성의 눈은 그대의 술에 취하고
돌고 도는 하늘은 그대 발아래에 있으며
열락의 귀는 그대 손안에 있습니다
그대 없이는 살 수 없습니다

그대는 생명을 펄펄 끓게 하고
심장에 생명수를 줍니다
이성이 열띤 함성을 지릅니다
그대 없이는 살 수 없습니다

나의 포도주, 나의 취기
나의 정원, 나의 봄
나의 꿈, 나의 평안

그대 없이는 살 수 없습니다

나의 영광과 명예는 그대입니다
나의 나라와 소유자는 그대입니다
나의 맑은 샘물은 그대입니다
그대 없이는 살 수 없습니다

그대, 어느 때는 지조 있는 연인이었다가
언제 그랬냐는 듯 잔인한 폭군이 됩니다
그대는 나의 것
어디로 가시나요?
그대 없이는 살 수 없습니다

마음을 기대면 그대는 퇴짜를 놓습니다
후회하면 애간장을 끊어놓는군요
이 모든 일을 그대가 다 하고 있습니다
그대 없이는 살 수 없습니다

그대라는 존재가 없었다면
땅밑이 하늘이 되었을 거예요
지상낙원도 지옥이 되었을 거예요
그대 없이는 살 수 없습니다

그대가 머리라면 나 발이 될래요
그대가 손이라면 나 깃발이 될래요
그대가 가버리면 나 무無로 사라질래요
그대 없이는 살 수 없습니다

나를 잠 못 이루게 하는 그대
내 형상을 깨끗이 씻어버린 그대
그대가 모든 것으로부터 나를 갈라놓았습니다
그대 없이는 살 수 없습니다

님이여, 그대가 없으면,
내가 하는 일은 엉망진창이 됩니다
그대는 둘도 없는 단짝
슬픔을 나누는 친구
그대 없이는 살 수 없습니다

그대 없는 삶엔 즐거움도 없고
그대 없는 죽음엔 기쁨도 없습니다
그대가 없는 슬픔을 어떻게 견딜까요
그대 없이는 살 수 없습니다

내가 사람들에게 아무리 말해도

도무지 좋고 나쁨에서 떨어져 바라보려 하지 않는군요

부디 그대가 직접 말해주세요

그대 없이는 살 수 없습니다

수천 명의 나와 우리 중

수천 명의 나와 우리 중……
아, 이상하다, 나는 어떤 나인가?
내 고함을 들으라!
내 입을 틀어막지 말라!

나 자신을 놓아버렸다오
그러니 내 앞길에 유리잔을 놓지 마오
그대가 뭘 놓든 간에
내가 밟아 산산조각낼까 두렵소

내 심장은 매 숨결마다
그대 생각으로 아득해진다오
그대의 기쁨은 나의 기쁨
그대의 슬픔은 나의 슬픔

그대의 고통은 나의 고통
그대의 자비는 나의 자비
그대와 함께 행복하네

설탕 입술의 우상◆
달콤한 내 님이여

그대는 나의 본향이라오
그럼 나는 누구인가?
그대 손안의 거울이라오
그대가 거울에 무엇을 비추던
나는 그 모습 그대로 된다오

그대는 초원에 우뚝 선 삼나무
나는 그 나무의 그림자
나 장미의 그림자가 되었으니
그 곁에 천막을 치노라

그대 없이 장미를 꺾는다면
손바닥은 가시로 가득해지네
만일 내가 이 모든 가시라면
그대로 인해 장미와 재스민이 되네

매 순간 나 애간장의 피를 뽑아 잔에 핏물을 따르네

◆ 고대 이교도 신전의 조각상처럼 아름다운 얼굴을 한 연인을 상징한다.

매 순간 나 술항아리를 술집 문에 던져 깨뜨리네

매 숨결마다 나 우상의 어여쁜 목을 향해 손을 뻗네
그가 내 얼굴을 할퀴고 옷을 찢는다 한들

살라후딘*의 자비가 내 심장 안에서 빛을 발하네
내 세상에서 그이는 심장의 촛불이라오
나는 누구인가?
그 촛불의 받침이라네

* 루미가 가장 아꼈던 제자 중 한 명. 금세공인이었던 그의 가게 앞을 지나가던 루미가 금을 두드리는 망치 소리에 취해 회전춤을 추었다는 유명한 일화가 있다.

5부

☼

심장을 따르는 길

나는 달의 노예

나는 달의 노예
달 이야기 외에는 아무 말도 하지 마오
촛불과 설탕 이야기 외에는
내 앞에서 아무 말도 마오

고통의 이야기 하지 마오
보물 이야기 외에는 하지 마오
알지 못한다 해도 괴로워 마오
아무 말도 마오

어젯밤 광기에 휩싸인 나를 보고 사랑이 말했네
"내가 왔으니 그대 울지 마오.
옷을 찢지 마오.
아무 말도 마오."

나는 말했네
"오 사랑이여, 나는 다른 것이 두렵다오."
그가 말했네

"그것은 다르지 않다오.
아무 말도 마오."

그대의 귀에 비밀 이야기를 들려주겠소
내 말에 머리를 끄덕이기만 하시오
아무 말도 마오

영혼과 같은 달은 심장의 길에 있다오
심장의 길을 가는 여행, 얼마나 고상한가
아무 말도 마오

나는 말했네
"오, 심장이여, 이 달이 얼마나 아름다운지."
심장이 손짓하며 말했네
"그대 그릇으로는 담을 수 없으니 내려놓으라.
아무 말도 마오."

나는 말했네
"참으로 놀랍네.
이 얼굴은 천사의 것인가, 사람의 것인가?"
심장이 말했네
"천사도, 사람도 아니라오.

아무 말도 마오."

나는 말했네
"도대체 뭐란 말이오. 말해주오.
정신을 잃기 직전이오."
심장이 말했네
"잃어라, 정신을 잃어라.
아무 말도 마오."

오, 그대 형상과 상념으로 가득찬 집에 앉아 있구나
그 집에서 당장 나가오
옷을 벗고 아무 말도 마오

나는 말했네
"심장이여, 나의 아버지가 되어주오. 신의 품성처럼."
심장이 말했네
"그대 말이 맞소.
하지만 맹세코 아무 말도 마오."

심장아, 심장에 귀기울이는 자 곁에 앉아라

심장아, 심장에 귀기울이는 자 곁에 앉아라
늘 꽃이 흐드러지는 그 나무 밑으로 가라

향료 시장에서 할일 없이 아무데나 어슬렁거리지 말라
설탕 파는 가게에 가 앉아라

네게 저울이 없다면 아무에게나 사기를 당할 것이다
누가 가짜를 가져와 보여주면 너는 금이라 착각할 것이다

사기꾼이 그대를 문 앞에 앉혀놓고,
곧 돌아온다 속일 것이다
그대 문 앞에 앉아 기다리지 말라
그 집에는 문이 두 개 있으니

아무 끓는 솥에 든 음식을 네 그릇에 담지 말라
솥 안의 것은 네가 바라던 것이 아닐 수 있다

모든 수숫대에 설탕이 있는 것은 아니며

모든 낮은 곳에 상승이 일어나는 것은 아니다

모든 눈이 볼 수 있는 것은 아니오
모든 바다에 진주가 있는 것이 아니다

울부짖으라, 노래를 부르라
이야기꾼 나이팅게일이여
슬픔에 취해 노래를 불러라
슬픔의 노래가 벼랑과 화강암 바위 위에
깊은 자국을 남기네, 자국을 남기네

머리를 내놓아라
그러지 않으면 바늘구멍에 들어갈 수 없다
머리를 가진 실은 그 구멍으로 들어갈 수 없다

깨어 있는 심장은 등불과 같다
그분의 치맛자락을 붙잡아라
이 폭풍우를 지나가라
그 바람에는 격정이 가득하다

바람이 지나가면 샘에 거하게 되리라
그대의 영혼을 촉촉이 적시는 이와 단짝이 되리라

촉촉해진 그대의 영혼,

푸르른 나무와 같이 되리라

영원토록 신선한 과일을 내어주며

심장 안에서 여행을 하리라

사랑이란 하늘을 향해 나는 것

사랑이란……
하늘을 향해 나는 것
매 숨결마다 장막을 백 개씩 뜯어내는 것

처음엔 한 숨 한 숨 끊고
처음엔 한 걸음 한걸음 끊는 것

이 세상을 무시해버리는 것
자기에게 보이지 않는 것을 보는 것

심장아, 네게 축복이 있길
사모하는 자들의 무리 속에 도달하기를

보이는 곳 너머의 그곳을 바라보길
가슴속 골목길을 달리기를

오 심장아,
이 숨결은 어디서 왔는가

오 심장아,

이 두근거림은 어디에서……

오 새여, 새들의 언어를 말하라

나는 들리는 소리에 숨겨진 신비를 알고 있다

심장이 말하네

나는 공장에 있었다오

진흙과 물로 만든 집이 마르기 전까지는

공장으로부터 도망치려 했소

공장이 다 지어지기 전에

내겐 발이 없기에 그들이 나를 잡아끌었다오

내 끌려온 모양새에 대해

뭐라 할 수 있겠는가

이 집에 비파 소리 끊임없이 울려퍼진다

이 집에 비파 소리 끊임없이 울려퍼진다
주인에게 물어보자! 뭐하는 집인가?

이 집이 카바라면,
이 아름다운 우상의 얼굴은 무엇인가
이 집이 배화교 사원이라면,
이 신성의 빛은 무엇인가

무한한 우주의 집안에는 보물이 가득
집과 집주인은 모두 겉으로 드러난 구실일 뿐

이 요술의 집에 발도 들이지 말라
집주인과는 말도 섞지 말라
그는 밤마다 술에 취해 있다

이 집을 이루는 흙과 지푸라기는 모두 용연향과 사향
이 집안의 소란스러운 소리는 모두 시 낭송과 노랫소리

그러므로 누구든 이 집에 들어가는 길을 찾은 자
땅의 제왕이요, 시간의 솔로몬이다

집주인 양반!
지붕 위에서 잠깐 내려다보오
빛나는 그대의 아름다운 얼굴을 보여주오

나 그대 영혼에 맹세하오
그대 얼굴 외 세상의 왕국은 모두 허상이요, 환상이라네

과수원은 푸른 잎과 꽃송이에 홀리고
새들은 덫과 모이에 홀렸다

이 우주의 주인께서는 금성과 달처럼 우아하시다
이 사랑의 집에는 경계와 끝이 없다

영혼은 거울이 되어 심장에 그대의 형상을 비춘다
심장은 빗처럼 그대의 고수머리를 어루만진다

요셉을 본 여인들은 칼에 손을 베였다오◆

◆ 요셉은 이슬람 세계에서 미남의 대명사로 통하며, 그의 미모는 신성의 아

님이여, 내게 오오
내 영혼 안으로

집안에 있는 모두들 얼큰하게 취해
누가 왔는지조차 전혀 알지 못한다

이보게, 불길하게 문지방에 앉아 있지 마오
재빨리 들어오시오!
문지방에서 머뭇거리면 빛을 막아
안이 어둑어둑해진다오

신성에 취한 이들은 수천 명일지라도 한몸과 같으나
세속에 취한 이들은 두 편 세 편으로 갈린다

이보게, 사자의 숲으로 가시오
사자에게 물릴까 걱정일랑 말고!
두려운 생각은 여인들의 문제라오

름다움을 은유한다. 이집트 총독의 아내 줄레이카는 자신의 집에 노예로 팔려 온 요셉에게 한눈에 반한다. 다른 귀족 여성들이 줄레이카를 조롱하자, 그녀는 그들을 집에 초대해 오렌지와 칼을 손에 쥐여주었다. 그리고 요셉에게 손님들이 있는 방안을 걷게 했다. 그의 미모에 놀란 여인들 모두 오렌지를 깎다가 손에 피를 흘렸다고 한다.

그곳에는 상처가 없다오
자비와 사랑만이 있을 뿐
두려움이라는 환상은 문을 잠그는 빗장과도 같다오

수풀에 불을 지르지 마시오
심장이여, 침묵하라!
혀를 뽑아라!
그대의 혀가 바로 문을 막는 빗장이니

그대가 사랑을 사모한다면

그대가 사랑을 사모한다면
그대가 사랑을 찾고 있다면
날카로운 단검을 들어라
수치심의 목을 단칼에 베라

사랑의 길에서 거대한 장애물은
명예라는 것을 알라
사심 없이 말해주는 이 이야기를
순수한 마음으로 받아들이라

천 가지 방법으로 광기를 부리는 마즈눈◆
천 가지 꾀를 부리는 상사병에 걸린 그이

때로는 겉옷을 찢고
때로는 산으로 달리고

◆ 아랍어로 '광인'이란 뜻. 동양의 '로미오와 줄리엣'이라 불릴 정도로 유명한 아랍의 옛사랑 이야기의 남자 주인공 이름이기도 하다.

때로는 독약을 마시고

때로는 소멸◆을 선택하네

거미가 먹이를 꽉 움켜쥐는 듯

그분의 사냥을 보라

위대한 하느님의 덫을 보라

레일라의 아름다운 얼굴에 대한

마즈눈의 사랑도 모두가 칭송하는데

하느님의 종께서 승천하신 이스라의 밤◆◆은 어떻겠는가

그대 비스와 라민◆◆◆ 이야기책을 보지 않았는가

버메그와 아즈라◆◆◆◆ 이야기를 읽지 않았는가

그대가 물에 젖지 않으려고 옷자락을 걷는다면

바닷속으로 수천 번 잠수시키리

◆ 자아가 소멸되고 신과 합일된 상태.

◆◆ 예언자 무함마드의 야간비행을 뜻한다. 전설에 따르면 어느 날 밤 대천사 가브리엘과 여인의 얼굴에 날개가 달린 네발짐승 부라크가 예언자 앞에 나타났다. 무함마드는 부라크를 타고 메카에서 가장 멀리 있는 모스크까지 날아가 기도를 드렸다고 한다.

◆◆◆ 11세기 페르시아 시인 파흐로딘 고르거니가 저술한 사랑 서사시.

◆◆◆◆ 10세기 우즈베키스탄 시인 카틸리 부하라이의 사랑 서사시.

사랑의 길은 술에 취한 낮은 길이라네
범람한 물은 아래로 흐르는 법
어찌 물이 위로 흐르겠는가

그대, 사모하는 이의 반지에 박힌 영롱한 보석이 되리라
그대가 유일한 그분의 귀걸이가 된다면……
오, 주인이시여!

님의 귀에 걸린 귀걸이
하늘에 예속된 땅과 같고
님의 귀에 걸린 귀걸이
영혼에 예속된 육체와 같네

와서 말하라
땅이 이 연합에서 어떤 손해를 보았는가
육신이 이성의 자비를 받지 않았던 적이 있던가

오, 젊은이여!
북 위에 카펫을 덮고 치는 것은 마땅치 않으니
용자처럼 사막 한가운데 깃발을 꽂아라

영혼의 귀로 사모하는 자들의 함성을 들으라

녹색 돔◆ 공간에 울려퍼지는 수많은 아우성을

사랑이 술에 취하니 겉옷 끈이 술술 풀어지네
술렁이는 천사들과 놀라는 천국 미녀들을 보라

우주가 흥분한 나머지 위아래로 흔들리네
사랑을 하는 자,
낮은 곳이든 높은 곳이든 어디서든 순결하네

태양이 나오면 밤은 어디에 머물겠는가
은총의 군대가 오면 번민은 어디에 머물겠는가

나 침묵하였소
오, 영혼 중 영혼 중 영혼, 그대가 말하시오
세상 모든 원소가
그대의 얼굴에 반해 입이 트이게 되었네

◆ 예언자 무함마드가 묻힌 영묘, 또는 지구 대기권을 뜻한다.

6부

☼

은총의 여러 얼굴

오 갑작스러운 부활이여

오 갑작스러운 부활이여!
끝없는 자비여!
관념의 수풀을 이글이글 태우는 불이여!

그대 오늘은 웃으며 왔네
감옥 문의 열쇠가 되어 왔네
가엾은 이들을 위해 왔네
신의 은총을 베풀어주려고

태양을 가리는 휘장은 그대
희망을 필요로 하는 그대
질문은 그대, 답을 찾는 이도 그대
처음이자 끝인 그대

그대가 우리의 가슴안에서 일어나네
생각들을 곱게 꾸미네
그대와 나 한마음으로 소망을 품고,
그대와 나 한몸으로 허용하네

생기를 불어넣는 이여
비할 데 없는 그대
모든 지성과 행동의 기쁨이여
그대 외 모든 것은 다 구실이며 가짜라오
병을 치유해주러 그대가 왔네

우리는 그 가짜 때문에 사팔뜨기가 되었소
죄 없는 이들에게 원한을 품게 되었소
때로는 미녀들에 취하고
때로는 빵과 수프에 취했소

이 취기를 보라!
이성 따위 치워라!
이 안주를 보라!
수다스러운 말은 치워라!
빵과 반찬 따위에 마음을 줄 것인가

그대, 오만 가지 색을 만들어 투사하네
흑과 백으로 투사하네
그대 그 가운데서 전쟁을 일으키고 있구나
정작 그대가 만들어낸 것은 보지 못하네

그대는 은밀하게 영혼의 귀를 문지르고 있구나
다른 사람들 탓이라며 변명만 늘어놓네
"신이시여, 내 영혼을 구원해주소서!" 외치니
오, 농담이 따로 없구나

침묵하라! 나는 다급하다!
나 왕의 깃발 아래로 달려간다
종이를 내려놓아라!
펜대를 부러뜨려라!
서키가 오셨네, 어서 오시게나

어젯밤 벗님이 오셨네

어젯밤 벗님이 오셨네
슬픔의 노예가 된 나를 어루만지셨네
짓눌린 내 영혼에 달콤함을 주셨네

그의 지성이 내 의식의 지평을 넓히니,
기꺼이 내 귀에 노예의 귀걸이를 걸겠노라
펄펄 끓는 열정은 달콤한 음료가 되며,
두 눈은 빛으로 가득해지네

님이 말했네
"지쳐 두려워하는 가여운 사람아,
나의 종에게 어찌 돈을 받고 자비를 팔겠는가."

보라 티 없는 공명정대
보라 측량할 수 없는 은혜
요셉은 기억한다네
그를 사모하여 칼에 손바닥을 베인 이를

내가 님의 소유가 되자 나쁜 의심 모두 사라지네
님의 성품이 깃든 새로운 예복이 내 어깨를 두르네

나의 무능함과 불쌍함을 보지 마라
비단 같은 눈물 보지 마라
이 육신에 두른 금실로 짠 비단옷을 보라

사랑의 길을 가는 이들은 신묘하고 경이롭다네
자아가 해방된 영혼의 기쁨은 비할 데 없는 환희

사랑의 광기와 사랑의 마력……
무엇이 더 달콤할까?
슬픔으로 지친 내 입술에 사랑이 비밀스레 입맞춤하네

사랑이 그의 벗에게 약속하네
"내 곁의 장미를 그대에게 주노라."
사랑이 충혈된 눈을 취기로 가득 채우네

사랑이 치유의 안약을 주네
자비의 손으로 어루만지네
허리 굽은 하늘은 가슴이 질투로 까맣게 타네

사랑이 영생의 술잔을 건네주네
사랑이 북을 치자 심장은 독수리처럼 날아오르네

부디 침묵하라
고요한 성품을 깨지 말라
사랑의 달콤한 과자가 오고 있으니,
이만 말을 줄여야겠네

문을 열지 말라
새로 얻은 정원을 조금만 보이게 하라

나 자신을 보니 가시덤불이었다

나 자신을 보니 가시덤불이었다
그래서 장미에게로 달려갔다
나 자신을 보니 시디신 식초였다
그래서 설탕 속으로 섞였다

나는 독이 가득한 사발이었다
그래서 해독약에게로 갔다
나는 고통의 술잔이었다
그래서 오아시스에 몸을 던졌다

내 눈엔 아픔만이 가득했다
그래서 예수의 몸에 손을 뻗었다
나 자신을 보니 설익은 과실이었다
그래서 잘 익은 과실에 매달렸다

나는 사랑의 골목길에 있던 먼지였다
그래서 님의 소르메*가 되었다
소르메 가루를 곱게 체로 거르자

나는 시가 되었다

사랑이 말했다. "그래, 네 말이 옳다.

그러나 너 스스로 한 것이 아니다.

나는 바람 너는 불,

내가 너의 불을 지폈다."

◆ 황화철 등에서 추출한 가루로, 눈꺼풀 점막이나 속눈썹을 검게 그리는 데 사용한 화장품.

오 심장이여, 그대가 저지른 실수들

오 심장이여,
그대가 저지른 실수들 뭐라고 변명할 텐가
그분은 그토록 지조를 지키건만
그대 이토록 배신을 하는가

그분은 그토록 아량을 베풀었건만
그대 이토록 청개구리처럼 반대로 하는가
그분은 그토록 응답하건만
그대 이토록 잘못만 저지르는가

그대 이토록 시기 질투를 하고
이토록 나쁜 생각과 의심만 하는데
그분은 그토록 풍부한 매력과 달콤함을 주시는구나
그토록 넘치는 관용을 베푸시는구나

이토록 다채로운 그분의 풍미가
무엇 때문에 그대의 쓴 영혼을 달게 만드는가
이토록 풍부한 그분의 매력이

무엇 때문에 그대를 성자의 반열로 끌어올리는가

그대가 죄악을 회개할 때
그대가 하느님의 이름을 부를 때
그 순간 그분이 그대를 끌어내 자유롭게 하리라

그대, 죄가 두려워 해결책을 찾아 헤매고 있구나
두려움의 순간을 왜 스스로 보려 하지 않는가

그대가 비록 눈으로 그분을 볼 수 없을지라도
그대는 그분의 손안에 든 구슬과 같다네
때때로 땅에 굴려지며
때때로 하늘로 던져지네

때때로 그대의 본성은
금은보화와 색욕을 갈망하네
때때로 그대 안의 영혼은
예언자가 본 환상의 빛을 일으키네◆

◆ 빛과 함께 나타난 대천사 가브리엘이 무함마드에게 쿠란을 계시한 '권능의 밤'을 뜻한다.

이 길은 복으로 이어지며
저 길은 비탄으로 이어지네
이 소용돌이 속으로
배를 타고 지나갈 것인가
파선할 것인가

그대 숨어서 기도하라
무수한 밤을 지새우며 밤마다 울부짖으라
일곱 천국의 돔에서 울려퍼지는 응답의 소리
그대 귀에 닿을 때까지

슈아이브◆의 울부짖음과 눈물은 이슬이 되고
새벽녘 하늘 끝에서 응답이 들려온다

"그대에게 죄가 있다면 용서하노라.
그대 죄 사함 받으리.
그대가 천국을 바라거든 내려줄 것이니
침묵하라, 기도를 멈추라."

◆ 모세의 장인이자 메디아 땅의 사도. 신이 메디아인들에게 벌을 주려 하자, 슈아이브는 매우 슬피 울다가 시력을 잃었다. 신은 그에게 시력을 돌려주었지만, 그는 여전히 울며 다시 장님이 되었다. 그러자 신은 모세를 보내 그의 곁을 보좌하게 해주겠다고 응답했다.

슈아이브가 말하길
“내가 원하는 것은 그게 아닙니다.
진리를 만나길 간절히 바랄 뿐입니다.
일곱 대양이 불타오른다면
님의 얼굴을 향해 달려가리라.”

“앞을 못 보게 된다 하더라도
눈물 가득한 제 두 눈은 님과 이어져 있습니다.
차라리 지옥에 있는 편이 낫습니다.
천국은 내게 아무 가치가 없습니다.”

“님이 없는 천국은 지옥이요, 원수랍니다.
나는 지옥 불에 탔습니다.
이글거리는 붉은 화염과 타는 냄새
그곳에 아름다운 생명의 빛이 있습니다.”

하늘에서 소리가 내려오길
“눈물 비를 거두고 그대의 두 눈을 아껴라.
한없이 울다보면 두 눈 멀게 되리라.”

슈아이브가 말하길
“내 두 눈이 마침내 그분을 볼 수만 있다면

내 몸의 모든 세포가 눈이 될 텐데
장님이 되는 일 따위가 언짢겠습니까?"

"마침내 나는 시각을 잃고 소경이 될 것입니다.
시각은 님에게 아무런 가치가 없습니다."

세상 모든 사람들 저마다 자신의 님을 위해
스스로 희생하네
어떤 이의 님은 피멍으로 부은 눈◆
어떤 이의 님은 태양의 찬란한 빛◆◆

좋든 나쁘든 저마다 자신에게 맞는 연인을 선택하네
우리가 무용한 것을 위해 자신을 희생한다면
후회만이 돌아올 뿐

어느 날 바야지드◆◆◆가 한 나그네와 길을 걷다 물었네
"교활한 이여, 그대의 직업은 무엇인가?"

나그네가 대답하길

◆ 눈물을 지나치게 많이 흘려서 피멍이 든 눈.
◆◆ 타브리즈의 태양, 샴스를 상징한다.
◆◆◆ 9세기 페르시아 신비주의 시인.

"저는 당나귀를 모는 자입니다."

바야지드가 말하길, "나아가라!"

"신이시여, 이 사람의 당나귀에게 죽음을 내려주옵소서,

그리하여 그가 신의 종이 될 수 있도록 하소서."

오 사랑이여, 이 감미로운 운율

오 사랑이여, 이 감미로운 운율은 그대의 것인가요
아니면 그대의 화원과 과수원에서 온 것인가요
달이여, 빙글빙글 돌아요
사모하는 자들에게 생명의 빛을 뿌려줘요

쓴맛은 그대 안에서 달콤함이 되고
불신과 이단은 신앙이 됩니다
가시엉겅퀴는 그대 안에서 수선화가 되고
수많은 영혼이 그대를 위해 목숨을 바칩니다

그대가 하늘에 문들을 놓고
인간에게 날개를 선물하는군요
우리 머릿속에 수백 개의 황홀경을 펼치니
오, 사람들이 그대를 찾아 방랑합니다

사랑, 그대의 참으로 달콤한 마음씨
사랑, 그대의 장밋빛 얼굴
사랑, 참으로 유쾌한 친구

오, 즐거운 벗 그대여
오, 양귀비꽃은 그대의 낯빛

진실된 말은 그대의 소리
그대의 노래를 들은 모든 세포들이
그대의 비밀을 갈망합니다

그대 없이는 모든 시장이
일거리도 생기도 없이 시들해지고
정원과 포도밭 꽃밭 모두
그대의 단비를 애타게 기다립니다

정원의 나무들이 당신에게서 춤을 배우고
모든 가지가 당신의 리듬에 발을 구르며
잎과 열매는 그대 생명의 오아시스에 잔뜩 취합니다

만일 정원이 영원한 푸른 봄의 선물을 갈망한다면
꽃을 흩날리는 그대의 바람 앞에
자신의 잎을 흩뿌려야 할 거예요

하늘의 모든 별, 항성과 행성 중
그대의 토성을 외면하는 별에게는

치욕이 있을 것입니다

오, 기쁨 가득한 그대의 정원에서
행복에 겨워 소리를 지르는 이들이여!
그대의 손님이 된 영혼은
빵 대신 기쁨을 먹습니다

나 한때는 그대 없이 살려 했어요
그대 없이는 기쁨도 없다는 것을 이제는 알아요
그대의 끝없는 매력을 잃어버린 삶에 기쁨이 있을 리가요

나 여행을 떠났다 돌아왔어요!
끝에서 처음까지 왔어요
영혼의 코끼리가 꿈을 꿨어요
그대의 인도 사막에 있던 꿈을

그대의 인도 사막!
술 취한 이들의 광장!
그대가 부르는 흥겨운 노랫소리에 취한
처녀들이 그대를 잉태하네요

머리의 꾀는 내게 아무런 이득이 없었어요

심장만이 쇠사슬을 끊었습니다
그대가 나의 영혼을 왕의 휘장 앞으로 이끌었어요

그곳에는 수문장이 없어요
냉담한 이도 없어요
매 순간 그대가 생명을 가져옵니다
그대의 아량과 관용으로

오 인내심 많은 산도
그대의 인내심 앞에선 고개를 숙입니다
그대의 인내심으로 담대해집니다
미친 심장은 대담하게 그대의 발코니로 뛰어들어갑니다

바위와 철광석, 산중턱에 구멍을 뚫는 일은 이제 그만!
심장을 개미처럼 작게 만들어 틈을 찾아요
그대의 물시계에 난 작은 구멍 안으로 들어갈 수 있도록

심판의 날까지 시간을 준다 해도
그대의 아름다운 얼굴을 표현하기에는 턱없이 부족합니다
그 누가 작은 잔으로 그대의 바다를 측량할 수 있겠어요

그대가 심장의 정원에 들어오면

그대가 심장의 정원에 들어오면 꽃처럼 향기를 발하리라
그대가 하늘을 날면 천사처럼 얼굴에서 빛을 발하리라

그대가 기름처럼 자신을 태운다면 모두를 밝히리라
기쁨의 인도자가 되리라
슬픔은 머리카락처럼 가늘어지리라

왕국이자 왕이 되리라
낙원이자 천국이 되리라
불신이자 신앙이 되리라
사자이자 사슴이 되리라

머물던 곳을 떠나 방랑하게 되리라
외톨이였던 자아를 떠나게 되리라
두 발과 탈것 없이도 가게 되리라
물처럼 강으로 흐르게 되리라

영혼과 심장처럼 유일무이한 존재가 되리라

보이지 않는 세계의 표상이 되리라
쓴맛과 단맛이 되리라
포도주의 성질처럼 되리라

마른 땅과 물위를 예수처럼 걷게 되리라
소용돌이를 가르고 하나의 길을 만들게 되리라

그 어떤 짠맛도 달게 하며
그 어떤 먼 곳도 현존하게 하리라
그대, 아홉 천국 안에서 빛을 가리는 장막이 되지 말라

그대, 나라를 세운 왕이 되어라
높이 솟아오른 달이 되어라
언제까지 비둘기처럼 모이를 찾아 구구거리고 있을 텐가

머리의 정욕을 비우고 생명을 되찾아라
하느님을 부르지 말고 그분의 바다에 잠겨라

그대, 집집마다 밝히는 창문이 되리라
정원마다 가득한 꽃이 되리라
나 없이도 그대는 내가 되리라
그대가 그대 자신이 아니듯이

언제까지 땅에 머리를 박고 있을 텐가
기뻐 즐거워하며 머리를 들어라
자두나무 가지처럼 싱그럽게 방긋 웃게 되리라

그대 안에 넘치는 빛이 있으니
더이상 빛을 찾지 않게 되리라
제왕처럼 가난한 이들을 돌보리라
달처럼 어둠 속에서 빛을 발하리라

그대, 생을 바라지 말고 생을 나누어라
모든 고통에 치유를 나누어라
상처에 바를 연고를 찾지 말고 스스로 약이 되어라

사모하는 자들의 봄이 오자

사모하는 자들의 봄이 오자
먼지로 가득한 땅이 과수원이 되었네
하늘로부터 노랫소리가 들려오자
생명의 새가 날갯짓하네

바다는 진주로 가득
소금의 땅도 보석이 되네
돌산은 루비 광산이 되고
육신도 모두 영혼이 되네

사모하는 자들의 두 눈과 영혼이
태풍을 안은 구름이 되어 비를 내린다면
구름의 몸안 심장은 번개처럼 빛을 번뜩거리리라

사랑에 빠진 사모하는 자들의 눈이
왜 구름과 같이 되었는지 아는가?
달이 구름 뒤로 지나치게 숨기 때문이라네

구름이 눈물을 흘리니
잠시나마 즐겁게 웃어라
오 신이여, 번개가 활짝 웃으니
얼마나 경사스러운가

수만 빗방울 중 단 한 방울도
땅에 떨어지지 말아야 하리
빗방울 행여나 땅에 닿으면
온 세상이 홍수로 폐허가 되리

온 세상 황폐해진다 해도
사랑이 피난민들을 구하리라
노아와 한 방주를 타고 태풍과 친구가 되리라

태풍이 잠잠하다는 것은
하늘도 돌지 않는다는 것
방향 밖에서 온 물결 하나가
세상의 여섯 방향을 움직이게 하리라

오, 세상의 여섯 방향 안에 머문 자들이여
슬퍼하라, 허나 슬퍼하지 말라
땅속의 씨앗들도 때가 되면 대추야자나무가 되리라

어느 날 뿌리에서 싹이 땅을 뚫고 올라와
무성한 가지가 되리라
가지 몇 가닥이 마른다 할지라도,
나머지 가지들은 풍성한 과실을 맺으리라

또 마른 가지는 불을 피우게 되리니,
그 불은 영혼이 되어 기뻐하리라
이것이 되지 않은 것은 이것이 되고,
그것이 되지 않은 것은 그것이 되리라

지붕 위에 서서 취해 비틀거리고 있으니,
무언가 내 입을 닫게 하네
그대가 그렇게 경이로워하는 대상도
그분 앞에 서면 훨씬 경이로워하리라

도시에 설탕값이 내렸다는 소식을 들었는가

도시에 설탕값이 내렸다는 소식을 들었는가
겨울이 물러나고 여름이 왔다는 소식을 들었는가

바질과 정향이 정원에 피어난 소식을 들었는가
꽃들이 옅은 미소를 지으니 모든 일이 쉽게 풀리네

여행에서 돌아온 나이팅게일의 소식을 들었는가
사머◆를 하며 돌아오자 모든 새의 스승이 되었네

정원 나뭇가지의 소식을 들었는가
장미의 새 소식을 듣고 박수를 쳤다네

영혼이 봄의 술잔에 취했다는 소식을 들었는가
얼큰하게 취해 술탄의 하렘에서 춤을 추었다네

◆ 아랍어로 '경청'이라는 뜻. 노래, 악기 연주, 춤, 시 낭송이 포함된 수피 의식으로, 메블레비 종파의 회전춤이 가장 유명한 예다.

튤립의 얼굴에 핏빛이 번졌다는 소식을 들었는가
장미가 궁정의 재상이 되었다는 소식을 들었는가

미친 겨울 도둑의 소식을 들었는가
정의로운 봄 경찰이 오자 자취를 감추었네

아름다운 님을 얻고 나니
궁정을 자유로이 드나들게 되었네
땅이 초록으로 물들며 풍성하고 풍요로워지네

푸른 잔디 증인들이 지난해 최후를 맞이했어도
해마다 정원의 아름다움은 수백 배로 커지네

꽃 같은 얼굴이 공空으로부터 빙글빙글 돌며 오자
천공의 별들도 그의 발걸음을 축하하네

폐위된 수선화도 왕국을 되찾았네
갓 태어난 꽃봉오리
말을 뗀 총명한 갓난아기 예수* 같네

* 예수는 태어나자마자 말을 하는 기적을 보였다. 동정녀로 출산한 마리아가 아기 예수를 안고 사람들 앞에 나타나자 모두가 비난을 퍼부었다. 마리아는 손으로 아기 예수를 가리켰고, 예수는 자기가 신이 보낸 예언자이며 태어난

향락자들의 연회가 다시 곳곳을 장식하네
돌아온 봄바람의 포도주로 수많은 정원이 취하네

이것들은 모두 감춰진 심장을 드리운 베일에 비친 형상
정원은 봄의 심장이 품은 비밀을 드러내는 거울일 뿐

심장을 통해 보이는 바를 따르라
거울을 따르지 마라
거울은 형상이 될 수 있지만 영혼이 될 수 없는 법

진리의 초대에 죽은 잔디가 생명을 얻네
진리의 자비에 모든 불신자가 믿음을 얻네

무덤에 묻혀 있던 다른 이들도 다시 꿈틀꿈틀
산 자가 묶인 채 갇혀 있을 수만은 없는 법

봄이 말했네
"그만해라, 내가 직접 설명할 것이다."
나 입을 닫았네

날, 죽는 날, 부활하는 날 자신에게 평화가 있으리라고 선언했다(『쿠란』 19장 33절).

봄이 오면 저절로 다 깨닫게 되리라

왕의 입술로 하여금 자신에 대한
모든 이야기를 하게 하라
그대들이 한 말은 끝내 묵살되리라

7부

죽음은 끝이 아니다

죽어라 죽어라, 이 사랑 안에서 죽어라

죽어라 죽어라,
이 사랑 안에서 죽어라
이 사랑 안에서 죽으면
모두가 영靈을 받게 될 것이다

죽어라 죽어라,
죽음을 두려워 말라
흙에서 일어나 하늘로 올라가리라

죽어라 죽어라,
자아에서 떨어져나와라
자아에 묶여 있는 그대들
마치 노예와 같다

곡괭이를 들고 감옥 바닥에 구멍을 파라
감옥을 탈출한 그대들
모두가 왕이요, 군주다

죽어라 죽어라,
아름다운 왕 앞에서 죽어라
왕을 위해 죽은 그대들
모두가 왕이요,
이름 높은 자이다

죽어라 죽어라,
그대들 구름에서 솟아나오리라
구름에서 솟아나오면
모두가 보름달을 환하게 비추리라

침묵하라 침묵하라,
침묵은 죽음의 순간이며
삶으로부터 온 것이다
그러니 침묵하며 우아하게 걸어가라

죽음의 날 관이 내게로 오거든

죽음의 날 관이 내게로 오거든
나 이 세상을 그리워하리라 생각 마시오

나를 위해 통곡하며 울지 마시오
악마의 덫에 빠짐이 통곡할 일이라

내 죽은 몸을 보거든 이별이라 말하지 마시오
저세상과 통하여 만날 것이니

나를 무덤에 묻을 때 작별인사하지 마시오
무덤은 낙원으로 들어가는 장막이라오

하강을 보았으니 상승도 볼 것이오
해와 달이 지는 것이 상실은 아니잖소

그대는 지는 것을 보았으나 실은 솟음이었소
돌방 무덤이 감옥처럼 보이나 영혼은 비로소 해방되었소

씨를 땅에 묻으면 싹이 트고 자라나는데
사람의 씨앗도 땅에 묻으면 그러하지 않겠는가

물동이도 우물로 내려가면 물을 가득 채워 올라오는데,
요셉이 우물에 갇혔다고 왜 슬퍼하겠는가

이 세상에 입을 닫고 저세상을 향해 입을 여시오
그대의 외침이 그 텅 빈 공간을 가득 채우리라

나는 죽음이었다

나는 죽음이었다
생명이 되었다
나는 울음이었다
웃음이 되었다
사랑의 왕국이 들어서자
나는 영원의 왕국이 되었다

충분히 많은 것을 보았다
두려움이 사라졌다
사자처럼 담대해졌다
샛별처럼 찬란해졌다

사랑이 말하길
"그대 미치지 않았으니,
이 집에 들어올 자격 없도다."
나는 미치광이가 되었다
사슬에 꽁꽁 묶인 광인이 되었다

사랑이 말하길
"그대 아직 고주망태가 되지 않았으니,
가라! 여기에 손도 대지 말아라."
나는 고주망태가 되었다
기쁨과 환희가 차올랐다

사랑이 말하길
"그대 죽지 않았으니 환희에 물들 수 없도다."
생명을 불어넣는 얼굴 앞에
나 죽어 쓰러졌다

사랑이 말하길
"영악한 인간아, 환상과 의심에 취해 있구나."
나는 바보 천치가 되었다
모든 것으로부터 뿌리째 뽑혀나왔다

사랑이 말하길
"그대는 촛불이 되었구나.
군중의 키블라◆가 되었구나."
나는 촛불도 키블라도 아니다

◆ 메카를 향한 방향으로, 모든 무슬림은 이쪽을 향해 기도를 드린다.

흩어진 연기가 되었다

사랑이 말하길
"너는 셰이크, 지도자, 인도자가 아니더냐."
나는 셰이크도 지도자도 인도자도 아니다
그대의 명을 받드는 종이 되었다

사랑이 말하길
"이미 날개와 깃털을 가진 이여,
내 날개와 깃털을 그대에게 주지 않겠다."
나 당신의 날개와 깃털을 간절히 원하기에
내 날개를 부러뜨렸다

새로운 왕국이 말하길
"이 길을 가지 마라,
괜히 고생하지 마라."
나 은총과 관용을 받았으므로
내 미래는 당신을 향하게 되었다

옛사랑이 내게 말하길
"나를 떠나지 마라."
나 대답하길

"그래, 떠나지 않겠다.
고요히 머물겠다."

당신은 태양의 샘
나는 버드나무 그림자
그대의 볕이 내 머리 위로 내리쬐자
나는 보잘것없이 녹아버렸다

심장이 생명의 빛을 찾자
탄성이 절로 터져나오네
심장이 새로운 비단을 짜자
옛 넝마는 원수가 되네

새벽에 나타난 생명의 얼굴이
위용을 드러내며 자신을 뽐내네
당나귀 끄는 종이었던 내가
신의 사람이 되네, 왕이 되네

설탕을 싸는 종이는 무한한 설탕◆에 감사해하네
그가 내게 와서 그와 나 하나되었으니

◆ 신성의 상징.

성말랐던 흙은 하늘나라에 절하며 감사해하네
하늘의 눈길과 회전으로 별을 받게 되었으니

하늘은 왕과 왕국과 천사에 감사해하네
왕의 은혜와 자비로 흙에 별을 주게 되었으니

진리의 구도자는 우리 모두를 높이신 그분께 감사드리네
나는 일곱 천국 위의 빛나는 별이 되었다네

나는 샛별이었다
달이 되었다
수백 번 돌고 도는 하늘이 되었다
나는 요셉이었다
이제는 요셉의 창조주가 되었다

나는 당신의 것이다
찬란한 달빛이여!
나의 안과 당신의 안을 들여다보라
당신의 웃음으로 나는 웃음꽃이 핀 정원이 되었다

영혼의 체스말처럼 침묵하면서도
자기의 존재 그 자체로 모든 언어를 드러내라

세상을 다스리는 제왕의 룩rook이 되니

축복과 경사로구나!

내가 다시 왔다, 다시 왔다

내가 다시 왔다, 다시 왔다
그 님 앞에 내가 왔다
나를 보라, 나를 보라
그대의 슬픔을 위로하고자 내가 왔다

기뻐하며 왔다, 기뻐하며 왔다
모든 것으로부터 해방되어 왔다
수천 년이 흐른 후에야 이 말을 할 수 있게 되었다

그곳으로 나 간다, 그곳으로 나 간다
저 위에 있었으니 다시 위로 올라간다
다시 해방되어, 다시 해방되어 피난처로 왔다

나는 신성의 새였다
그대는 다만 세속의 나를 보았을 뿐!
덫을 보지 못한 나는 순식간에 거기 걸려들었다

나는 순수의 빛이다, 오, 젊은이여!

나는 한 줌의 흙 따위가 아니다
나는 조개껍데기가 아니다
나는 귀한 진주로 세상에 왔다

머리의 눈으로 우리를 보지 마라
감춰진 비밀의 눈으로 우리를 바라보라
그곳으로 와서 우리를 보라
여기에 무거운 짐을 내려놓으려 왔다

나는 네 명의 어미와 일곱 아비를 뛰어넘는다◆
나는 탄광의 보석이었다
이곳에는 님을 만나러 왔을 뿐이다

내 님이 시장에 오셨다
재빠르게 확실하게 오셨다
내가 굳이 왜 시장에 왔겠는가?
님에게 진 빚을 갚기 위해 왔을 뿐

오, 타브리즈의 태양이여!

◆ 땅, 불, 물, 바람 등 사원소 및 대기권, 중간권, 수권, 빙권, 지권, 암석권, 생물권 등 지구를 구성하는 일곱 개의 권역을 은유한다.

언제쯤 이 세상천지를 살필 것인가

이 소멸의 황무지

지친 영혼과 심장으로 나 이곳에 왔다오

8부

☼

하나된 연인들

새벽하늘에 밝은 달이 나타나

새벽하늘에 밝은 달이 나타나
하늘에서 내려와 우리를 바라본다

날쌘 매가 새를 사냥해 낚아채듯
달이 나를 납치해 하늘로 달아났다

자신을 바라보니 나는 온데간데없다
달빛 아래, 은총으로 육신은 영혼이 되었다

영혼이 된 채 여행을 하자
달 외에 무엇도 보이지 않는다
무한이 현시된 비밀까지 모든 것이 분명해진다

아홉 층의 천국은 모두 달 안에 잠기며
내 존재의 배는 바다 아래 깊이 가라앉는다

바다가 파도를 일으키고
부서진 파도 조각들이 다시 밀려온다

소리가 일어나고 잦아진다

바다는 거품을 일으키고,
그 거품을 조각조각낸다◆
어디선가는 형태가 일어나고,
어디선가는 육신이 일어난다

육신의 거품……
조각조각마다 바다의 존재를 드러낸다
거품들은 바닷속에 녹으며
바다와 함께 흐른다

왕국의 주인
진리인 타브리즈의 태양 없이는
달을 볼 수도 없으며,
바다가 될 수도 없으리라

◆ 파도의 거품은 마치 물질계의 존재들이 신의 바다로부터 수면 위로 떠오르는 모습과도 같다. 거품은 심연의 부름에 따라 사라지고 다시 일어나기를 반복한다.

한 순간 한 시간도 나 그대를 떠나지 않으리

한 순간 한 시간도 나 그대를 떠나지 않으리
그대는 내 모든 일
그대는 내 모든 임무

그대의 설탕을 마시리
그대의 가르침을 따르리
나는 지친 사냥감
그대는 폭군 사자獅子

나의 영혼 너의 영혼
원래는 하나였다고 그대 말하시네
우리 하나의 영혼에 맹세하라 하시네
나 그대 없는 삶에 아무런 미련 없어요

아름다운 그대의 정원에 핀
식물 한 다발이 바로 나
그대가 입은 예복에 달린
모자 조각이 바로 나

그대를 둘러싸고 있는 이 세상은
가시로 뒤덮인 벽과 같아요
그대와 하나되는 꽃내음 가운데
날카로운 가시가 나를 찌르네요

가시에 찔릴 때
그대의 장미정원을 떠올려보아요
아, 그대의 비밀이 나의 비밀을
싸그리 먹어치워 없애네요

하늘에 뜬 태양과 달은 서로의 짝꿍
아, 영혼이여
그대가 낯선 무리에 나를 홀로 두고
떠나지 않음을 알아요

다르비시◆를 찾아갔더니 그가 말했어요
"신은 그대의 벗이라오.
그대가 벗님께 기도를 드리니,

◆ 인간 사회에 섞여 살면서 무소유와 집착 없는 삶을 추구하는 신비주의 수행자를 일컫는다. 좁은 의미에서는 특정 수피 종단 소속의 수행자를 뜻한다.

그대와 같은 왕이 내 벗이 되었소."

둘러보니 온 세상이
목욕탕 문에 그려진 그림 같네요
그대 내 터번을 가져가셨네요
나 그대를 향해 손을 뻗어요

세상의 모든 종種은 동족인 짝을 만나고자
자신을 묶은 쇠사슬을 끊습니다
나는 어떤 종인가요?
이 세상의 덫에 걸려 있었군요

그대 도둑처럼 내 심장 주위를 배회하시네요
님이여, 그대가 뭘 찾는지 알고 있어요
아, 교활한 심장 도둑이여!

님이여, 망토 밑에 촛불을 숨기고 계셨군요
내 창고와 곡식을 다 태우시려고

아, 그대는 나의 화원, 나의 꽃밭
내 모든 병을 치유하는 이
아, 요셉처럼 아름다운 얼굴

내 세상의 빛나는 영광, 그대

그대는 내 심장 주위를 배회하시고
나는 그대의 문 앞을 배회합니다
나 그대의 손안에 늘 머물고
컴퍼스처럼 그대 주변을 맴돕니다

만일 내가 그대의 기쁜 얼굴 앞에서
슬픈 이야기를 한다면
내 피가 슬픔으로 얼룩진다 해도
신께 맹세코 합당한 일

지혜의 북소리에 맞춰 사람들이 춤을 추네요
그대의 음악이 없이는
춤 한 동작도 생각해낼 수 없어요

그대의 북소리는 숨겨져 있는데,
세상의 춤은 드러나 있습니다
이 간질간질함은 숨겨져 있는데,
나는 온몸에 간지러움을 느낍니다

그대의 달콤한 사탕을 소중히 음미하기 위해

나 침묵할래요
나 구름이 되어 설탕을 퍼뜨릴래요
설탕 말고는 어떤 비도 내리지 않을래요

나는 물속에도 있고 흙속에도 있으며,
불 속에도 있고 바람 속에도 있답니다
이 사원소는 내 주위를 돌고 있지만,
나는 사원소에서 태어나지 않았답니다

나는 때로는 터키인, 때로는 인도인
때로는 로마인, 때로는 흑인이 됩니다
이 모두는 그대가 그린 그림일 뿐
오, 님이여!
나는 신앙고백이며 신성모독입니다

내 심장과 영혼의 타브리즈는
여기 항상 진리의 태양과 함께입니다
비록 육신에 갇혀 있다 할지라도
이제는 괴로움에 끄달리지 않습니다

오, 심장처럼 함께 있으나 숨겨진 그대여

오, 심장처럼 함께 있으나 숨겨진 그대여
내 심장이 그대에게 인사합니다
그대는 카바……
나 어디를 가든 그대 곁에 있습니다

그대 어디에 있든 현존하며,
멀리서도 우리를 지켜봅니다
내가 그대의 이름을 기억할 때면,
어두운 집이 환해집니다

길들인 매처럼
나 그대의 품안에서 날갯짓을 해요
날개깃을 다듬은 비둘기처럼
낮은 소리로 노래를 불러요

그대가 있지 않다면
왜 매 순간 내 심장을 아프게 하나요?
그대가 있다면

왜 나는 가슴속 그대의 덫에 걸려 있을까요?

몸은 서로 떨어져 있다 해도
내 심장에서 그대 심장으로 창문이 나 있어요
그 창문으로 달빛이 은밀히 들어오듯이
그대에게 서신을 전합니다

오, 태양이여!
저멀리서 우리에게 빛을 보내주는군요
모든 소외된 자를 돌보는 영혼이여,
내 영혼의 주인은 그대입니다

나 그대를 비추기 위해 심장의 거울을 닦아요
내 귀는 그대의 자비로운 말을 옮겨 적는 책이랍니다

내 귀 안에, 의식 안에
끓어오르는 심장 안에 그대가 있어요
그러니 그대가 바로 나예요!
나 그대를 자랑하며 다닙니다

심장을 앗아간 님이 심장과 사랑을 나누며 말했지요
"오, 심장이여! 네가 작으면 작을수록

내가 너를 완전하게 하리라."

오, 치유여, 내 안의 치유자여
넋을 잃어요!
수호자가 되어요!
보세요! 그대의 수많은 얼굴들!
지금 이 순간 나는 그대의 어떤 얼굴을 보고 있나요

님이 말하네요
"어느 때는 그대 알레프•처럼 곧고
어느 때는 그대 다른 글자처럼 구불구불하네.
어느 순간 그대 무르익어 있어도
어느 순간 내가 그대를 설익게 만드네."

"그대 오랫동안 멀리 길을 떠난다 해도
그대 여전히 내 손안의 주사위와 같다네.
그대가 길들이고 있는 그것
사실은 그것을 통해 내가 그대를 길들이고 있다네."

오, 호사못딘••, 아름다운 왕이여!

• 아랍어와 페르시아어의 첫번째 문자로, 곧은 수직선 모양이다.

님과 덕담을 나누고 있군요

내 영혼이 그대라는 칼의 지혜로운 칼집이 되길 바라요

◆◆ 루미의 후계자로 루미 사후에 메블레비 종파를 설립했다. 스무 살 가까이 어린 제자임에도 불구하고, 루미는 다수의 시에서 그의 이름을 칭송했다.

아름다운 우상이여

아름다운 우상이여
나와 심장을 하나로 합치자
내가 머리를 내어놓지 않으면
그때 불평하라

나는 마즈눈이 되었다오
신께 맹세코!
그대의 아름다운 고수머리와 한데 얽히겠노라

그대, 경전을 손에 쥐고 사십 일 동안 고행을 했지
경전은 바로 나다
그대, 고행을 멈추어라

낯선 곳으로 가지 마라
식인귀와 함께 가지 마라
대상隊商과 함께 안전한 여행을 떠나라

심장의 음유시인이여,

그대의 아름다운 선율로

내 머릿속을 가득 채워다오

그대는 샛별이자 달……

이글이글 타는 얼굴로

내 두 눈을 횃불로 만들어다오

오 모세여, 양치기가 되었구나

투르산으로 가라

불평을 멈춰라!

신발을 벗고 맨발로 가라

토버 골짜기를 디딘 두 발이 불타도록 하라◆

네가 기댈 곳은 진리!

◆ 한때 이집트 공주의 아들이었던 모세는 메디안 땅에서 십여 년을 양치기로 지낸다. 우연히 투르산을 지나가다가 멀리 불을 발견하고 다가가는 중, 자신을 부르는 신의 음성을 듣는다. 그곳이 토버계곡이었고, 신성한 땅이므로 신발을 벗으라는 명령이 들려온다. 곧이어 모세가 들고 있던 지팡이를 던지자, 지팡이는 뱀이 되어 재빨리 기어갔다. 모세가 뱀을 다시 쥐자, 뱀은 지팡이로 변했다. 마침내 모세는 오만한 파라오 앞에서 기적을 보이고 백성들을 노예 신분에서 해방시키라는 임무를 받고 산을 내려온다.

지팡이가 아니다!

지팡이를 던져라!

그것을 자유롭게 하라!

욕망으로 가득한 파라오는 짐승과 같으니

가서 그의 목에 방울을 달아라

나 세상에서 오직 그대만을 선택합니다

나 세상에서 오직 그대만을 선택합니다
여기 앉아서 슬퍼해도 괜찮을까요?

내 심장은 그대 손안에 들린 펜과 같습니다
나의 행복 나의 슬픔 그대에게 달려 있습니다

그대가 원하는 대로 나 그대로 됩니다
그대가 보여주는 대로 나 그대로 봅니다

그대는 내게서 가시를 키우고
때로는 장미를 자라나게도 합니다
나 때로는 꽃향기를 음미하고
때로는 가시를 뽑아내기도 합니다

그대가 소유하는 그대로가 나입니다
그대가 원하는 그대로가 나입니다

그대의 염색 통 안에 심장을 넣고 물들이시니

나는 어떻게 될까요?

내 안의 사랑과 증오는 어떻게 될까요?

그대는 처음이었고 마지막이 될 것입니다

나의 끝을 처음보다 더 빛나게 해주세요

그대가 숨겨져 있을 때 나는 불신자가 되고

그대가 드러났을 때 나는 믿음의 사람이 됩니다

그대가 준 것 말고는 나 가진 게 아무것도 없습니다

그런데 내 주머니와 소매에서 뭘 찾고 계시나요?

보라, 사랑과 사모하는 자들이 하나되었네

보라, 사랑과 사모하는 자들이 하나되었네
보라, 영혼과 흙그릇이 하나되었네

언제까지 이것과 그것
선과 악으로 볼 것인가
보라, 마침내 이것과 그것 하나되었네

언제까지 보이는 것과 보이지 않는 것을 나눌 텐가
보라, 보이는 것과 보이지 않는 것 하나되었네

언제까지 이 세상과 저세상을 나눌 텐가
보라, 이 세상과 저세상 하나되었네

심장은 왕이 되었네
언어는 해설가가 되었네
보라, 왕과 해설가 하나되었네

하나됨은 우리를 위해서라네

땅과 하늘이 하나되었네
보라! 물 불 흙 바람
적들이 친구가 되어 하나되었네

늑대와 양 사자와 사슴
서로 반대되는 요소들
겁쟁이와 영웅이 하나되었네

위대한 왕을 보라!
그분의 은총을
정원 안에서 가시와 꽃이 하나되었네

구름에서 보라!
그분의 관용을
물과 물길이 하나되었네

이 상징들의 결합을 보고 알라
새봄과 가을이 하나되었네

부정하고 반대하는 삶을 살았을지라도
화살과 활처럼 하나되었네

설탕을 바라거든 침묵하라, 아쉬움을 알라!
설탕과 설득◆ 입안에서 하나되네

타브리즈의 태양은 가슴의 길을 걷네
그처럼 하나되는 이는 아무도 없네

◆ 원문에서는 '각설탕과 조언'이지만, 운율을 위해 '설탕과 설득'으로 의역했다.

발코니에 앉은 그대와 나

발코니에 앉은 그대와 나
참으로 청량한 순간이네
두 개의 형상 두 개의 얼굴
하나의 영혼 그대와 나

우리가 과수원에 들어가면,
그대와 나
정원과 새들의 숨에 생명수를 주네

하늘의 별들도 우리를 보러 오네
그대와 나
우리가 별들에게 달을 보여주네

그대와 나
너 나 구분이 사라지네
열정에 가득 취한 우리 하나되네
괴로움을 주는 미신으로부터 해방되어,
행복만 가득한 그대와 나

우리가 함께 웃는 그곳에서

그대와 나처럼

천상의 앵무새들도 모두 달콤한 말을 시작하네

더 신기한 건, 그대와 나……

아늑한 이곳에 우리가 하나로 있다는 것

그곳이 이라크든 호라산*이든

이 순간 함께 있는 그대와 나

이 땅 위의 형상에서도

다른 세상의 형상에서도

그대와 나, 함께 있는 그곳이

영생의 천국이자 설탕의 땅이라네

* 이라크는 동쪽, 호라산은 서쪽을 의미한다. 또한 호라산은 현재 이란 서부 및 아프가니스탄 일대 지역을 일컫는다.

옮긴이 **박은경**
성신여자대학교에서 사학과 심리학을 전공하고 가톨릭대학교 상담심리대학원에서 상담심리학 석사학위를 받았다. 현재 무용강사 및 공연예술인으로 활동중이며, 점성학 교육과 상담, 페르시아 시문학 번역을 병행하고 있다. 수년간 인도, 파키스탄, 이란, 터키를 오가며 배운 남아시아의 전통무용 및 서아시아의 수피 전통 가르침과 춤명상을 융합해 독자적인 공연, 교육 및 치유예술 프로그램 등을 기획하고 있다.

문학동네 세계문학
태양시집

1판 1쇄 2022년 6월 30일 | 1판 2쇄 2023년 4월 17일

지은이 루미 | 옮긴이 박은경

책임편집 손예린 | 편집 오동규
디자인 최윤미 이원경 | 저작권 박지영 형소진 오서영
마케팅 정민호 김도윤 한민아 이민경 안남영 김수현 왕지경 황승현 김혜원
브랜딩 함유지 함근아 박민재 김희숙 고보미 정승민
제작 강신은 김동욱 임현식 | 제작처 상지사

펴낸곳 (주)문학동네 | 펴낸이 김소영
출판등록 1993년 10월 22일 제2003-000045호
주소 10881 경기도 파주시 회동길 210
전자우편 editor@munhak.com | 대표전화 031) 955-8888 | 팩스 031) 955-8855
문의전화 031) 955-1927(마케팅) 031) 955-2654(편집)
문학동네카페 http://cafe.naver.com/mhdn
인스타그램 @munhakdongne | 트위터 @munhakdongne
북클럽문학동네 http://bookclubmunhak.com

ISBN 978-89-546-9999-0 03890

잘못된 책은 구입하신 서점에서 교환해드립니다.
기타 교환 문의 031) 955-2661, 3580

www.munhak.com